SÚPER CARIBÚ

Solo hay un superhéroe en la ciudad

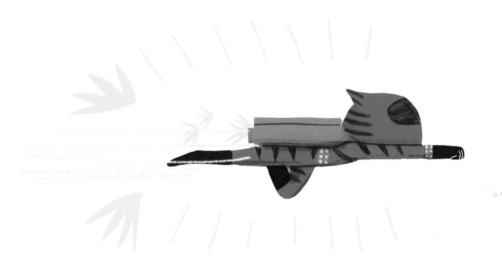

Traducción de David Domínguez
con la colaboración de Marion Carrière

Magali Le Huche

Jeremy, el Súper Caribú de los bosques, es el superhéroe de Vientosano. Eso lo sabe todo el mundo.

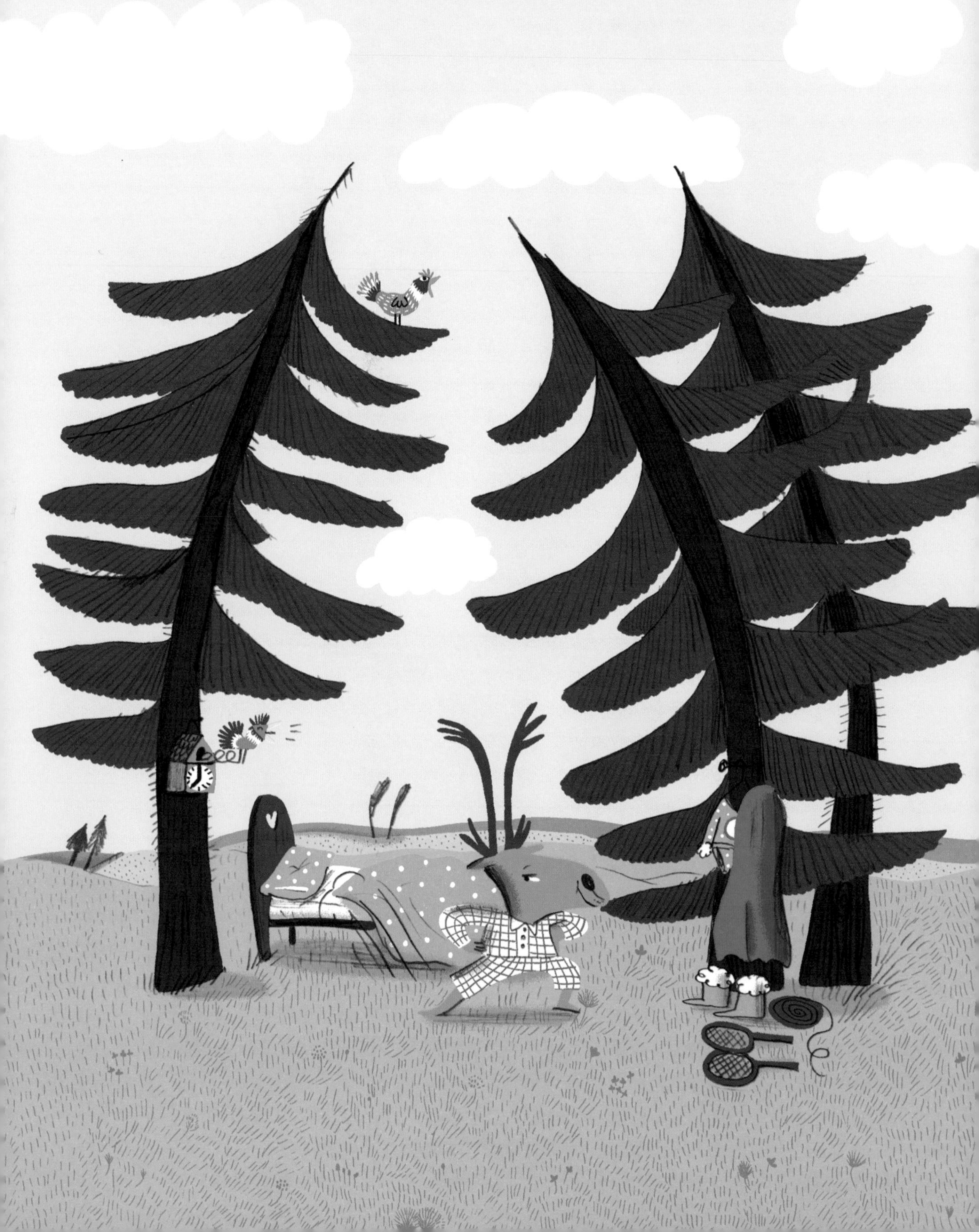

Tiene su traje
de superhéroe,

su máscara
de superhéroe,

y su capa y su lazo
de superhéroe.

El curro de Jeremy es salvar a los habitantes de Vientosano.

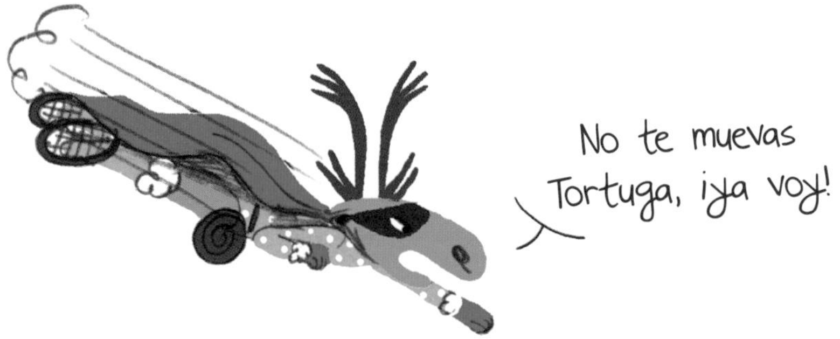
No te muevas Tortuga, ¡ya voy!

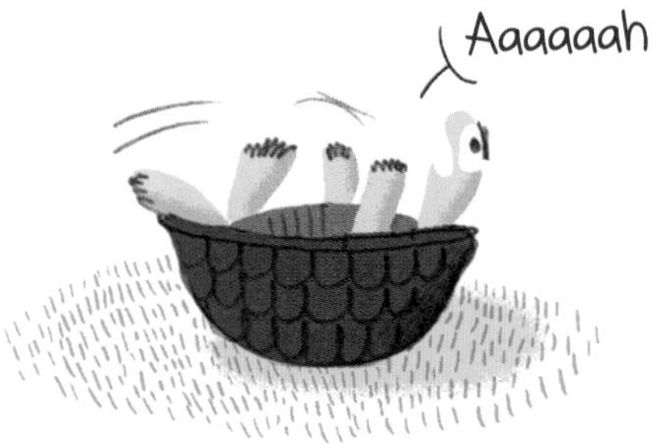
Aaaaaah

Algunos días, tiene mucho trabajo.
Siempre está allí para darle la vuelta a las tortugas, ayudar al que lo necesita...

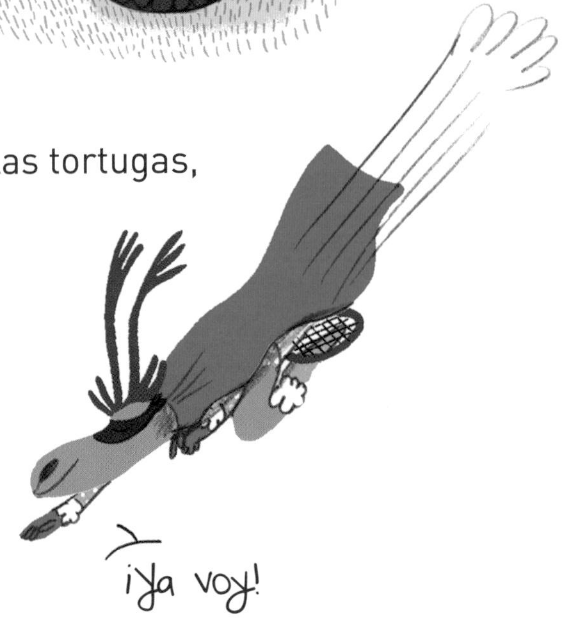
¡Ya voy!

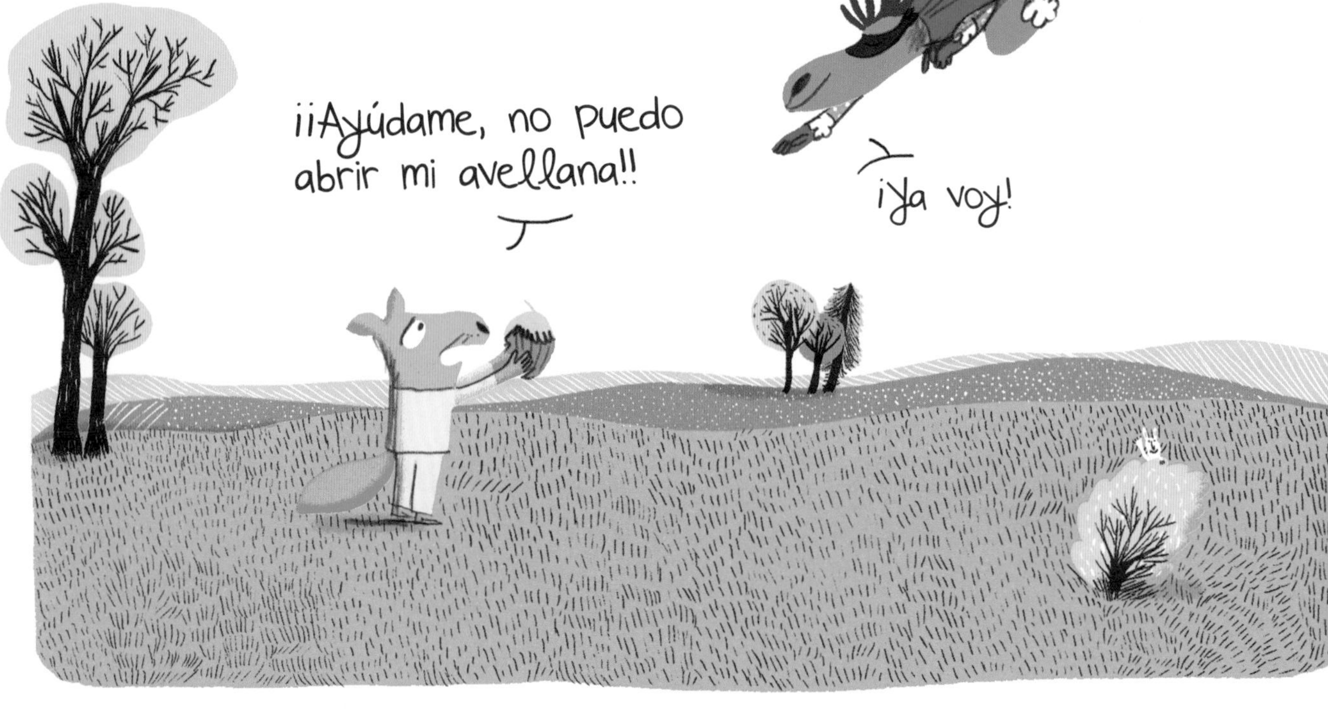
¡¡Ayúdame, no puedo abrir mi avellana!!

O para volver a salvar a Ronnie, el conejo, ¡que se ahoga todos los días en el mismo sitio!

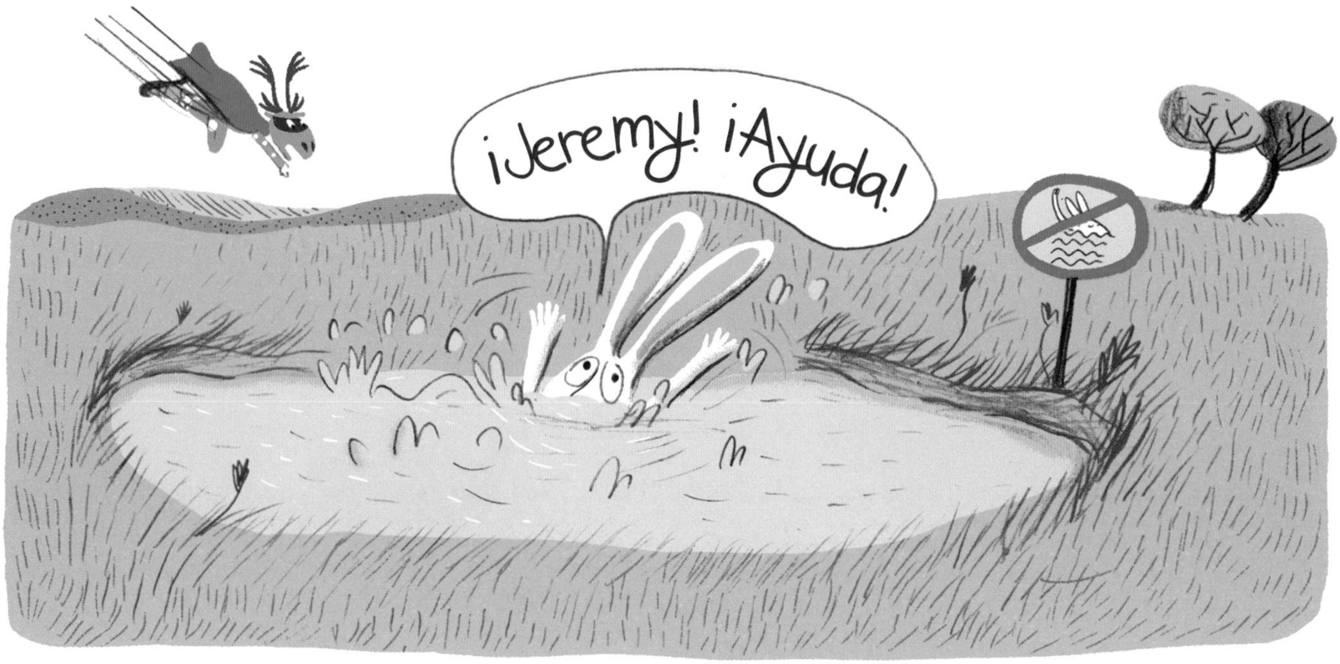
¡Jeremy! ¡Ayuda!

Sobre todo, Jeremy sabe cómo atrapar a los Kumpfs, que siempre roban los peluches preferidos de los habitantes de la zona.

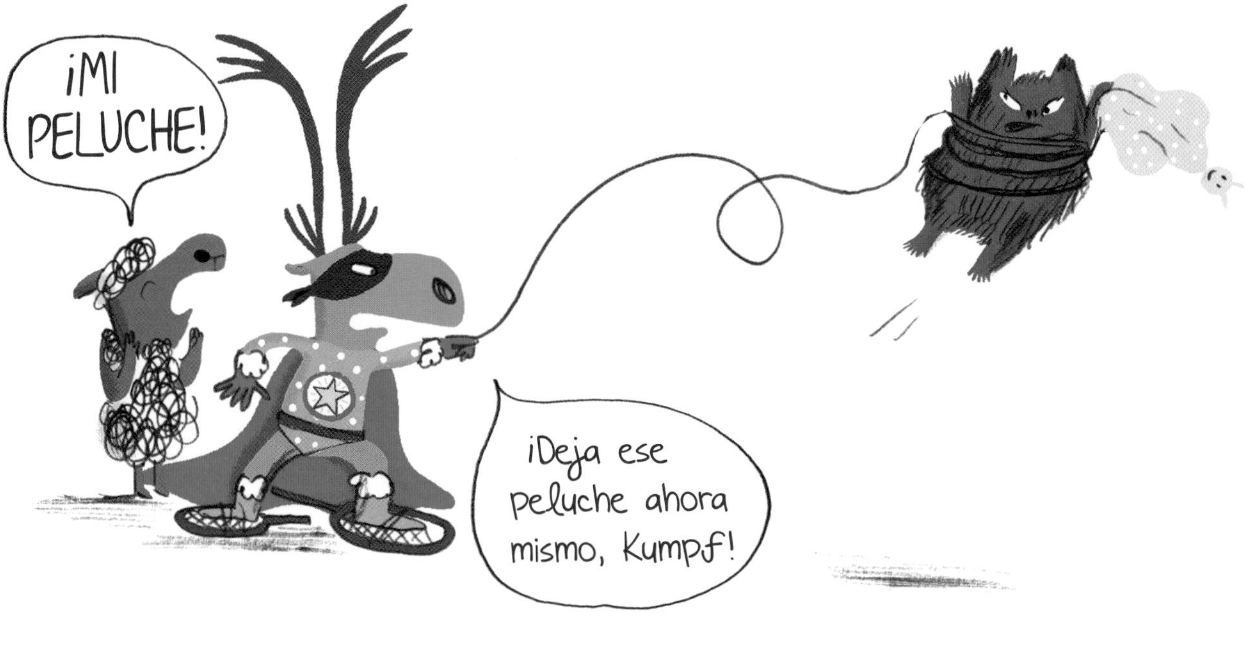
¡MI PELUCHE!
¡Deja ese peluche ahora mismo, Kumpf!

Pero otros días,
Jeremy se aburre.

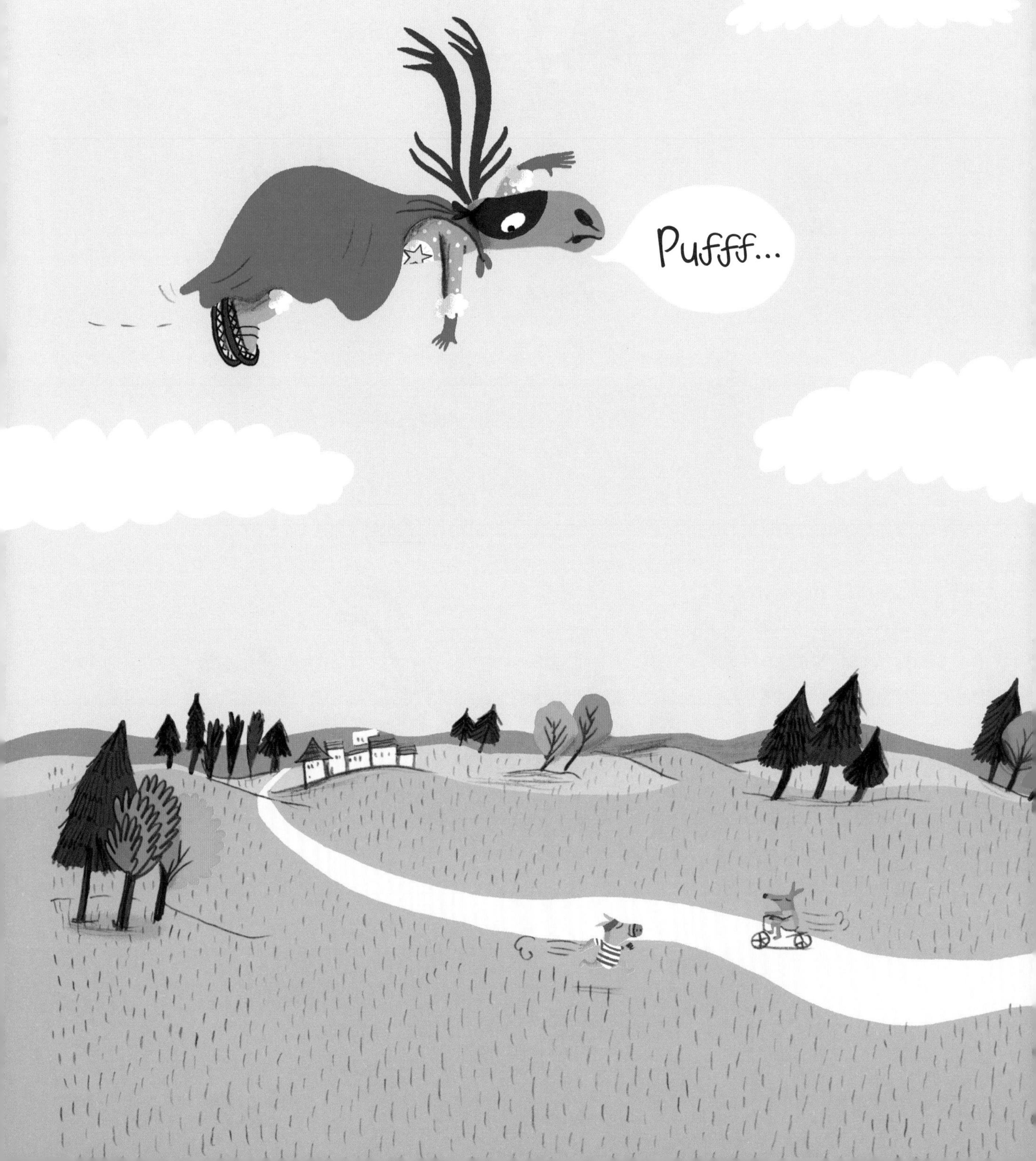
Pufff...

Por mucho que busque algo que salvar...
Nada, ningún peligro, todo es calma y tranquilidad.

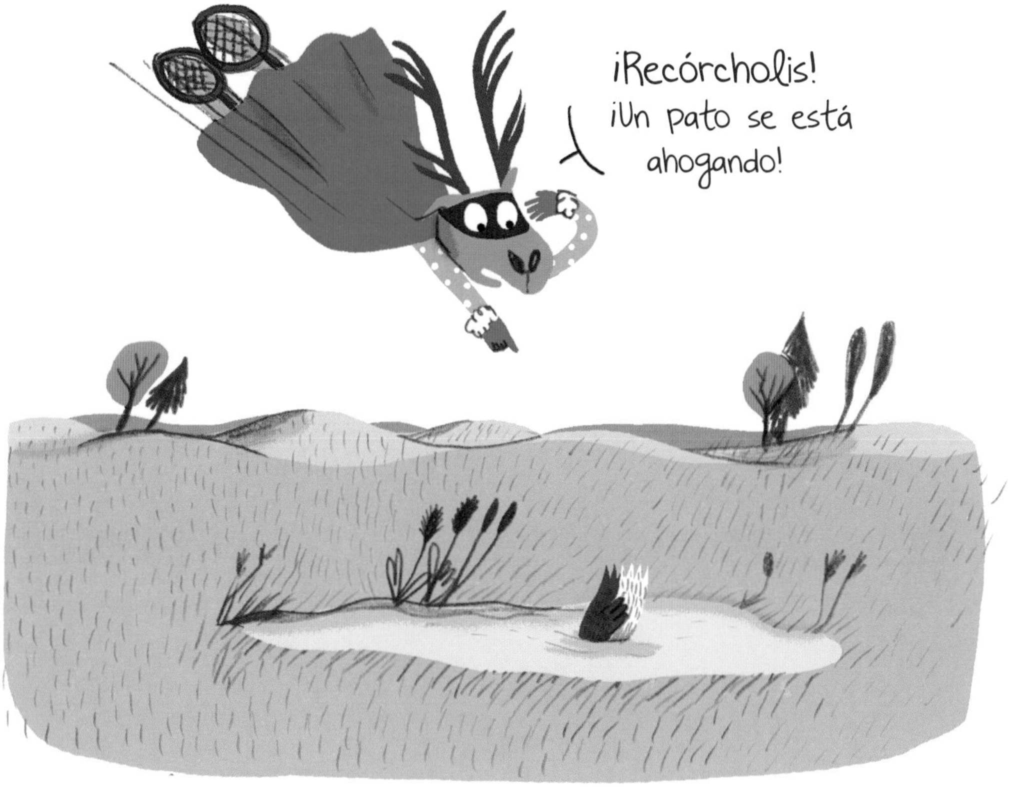
¡Recórcholis! ¡Un pato se está ahogando!

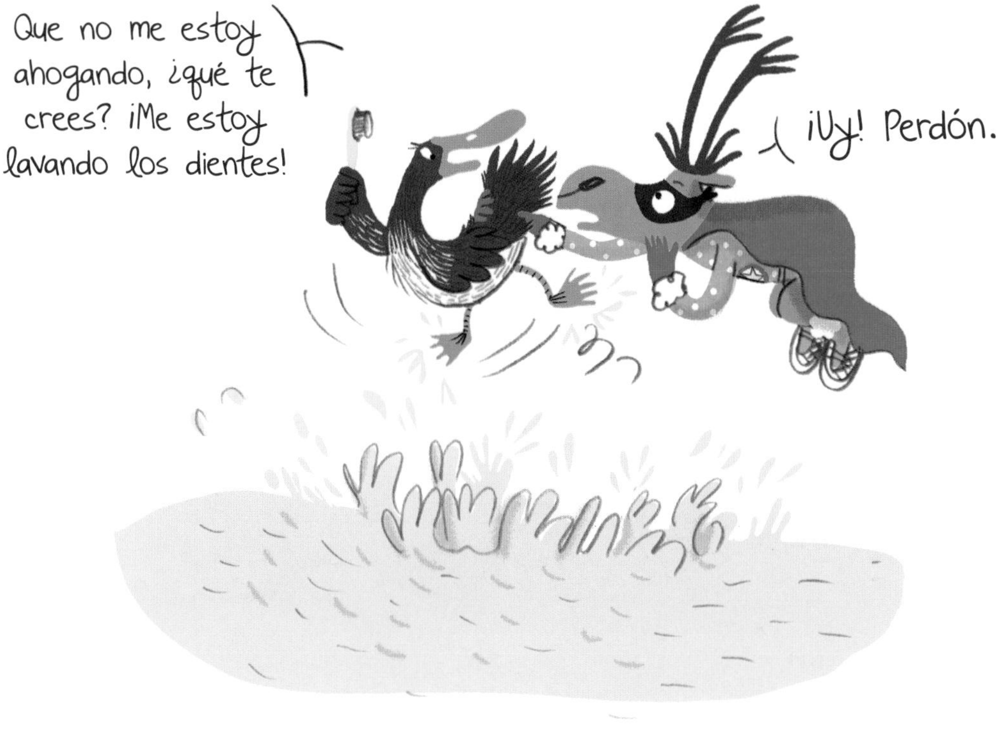
Que no me estoy ahogando, ¿qué te crees? ¡Me estoy lavando los dientes!
¡Uy! Perdón.

Un día, mientras Jeremy se aburre, se pone a soñar.

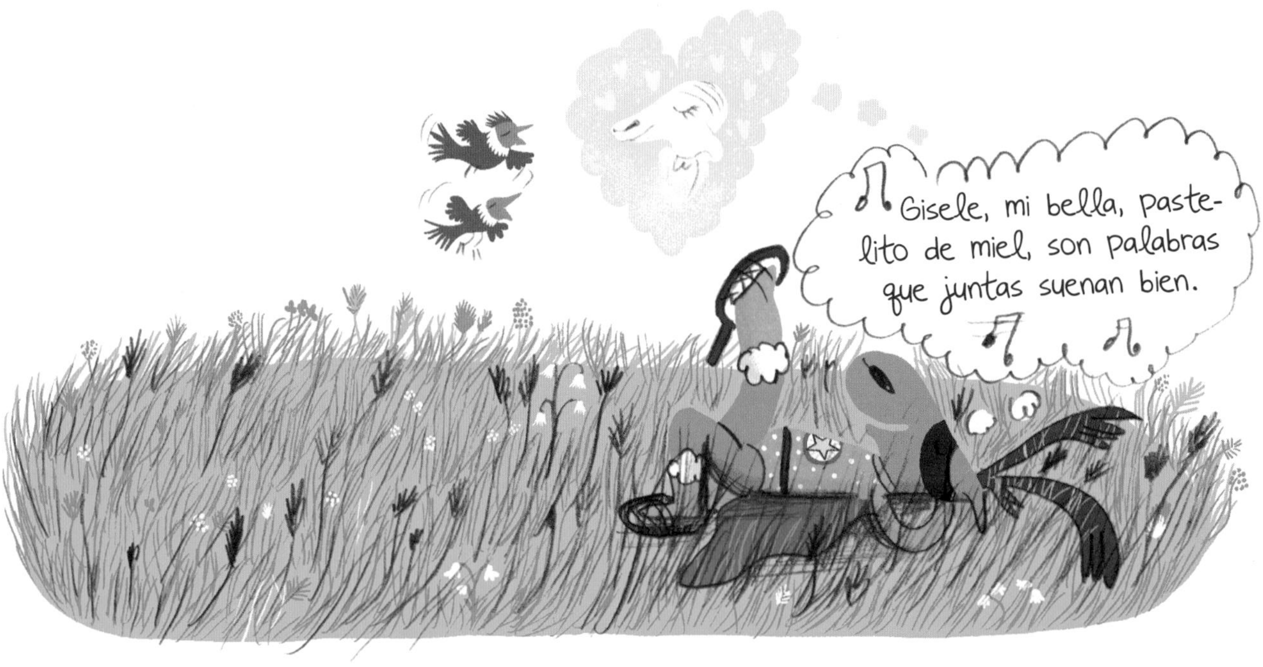
Gisele, mi bella, pastelito de miel, son palabras que juntas suenan bien.

Hasta que...

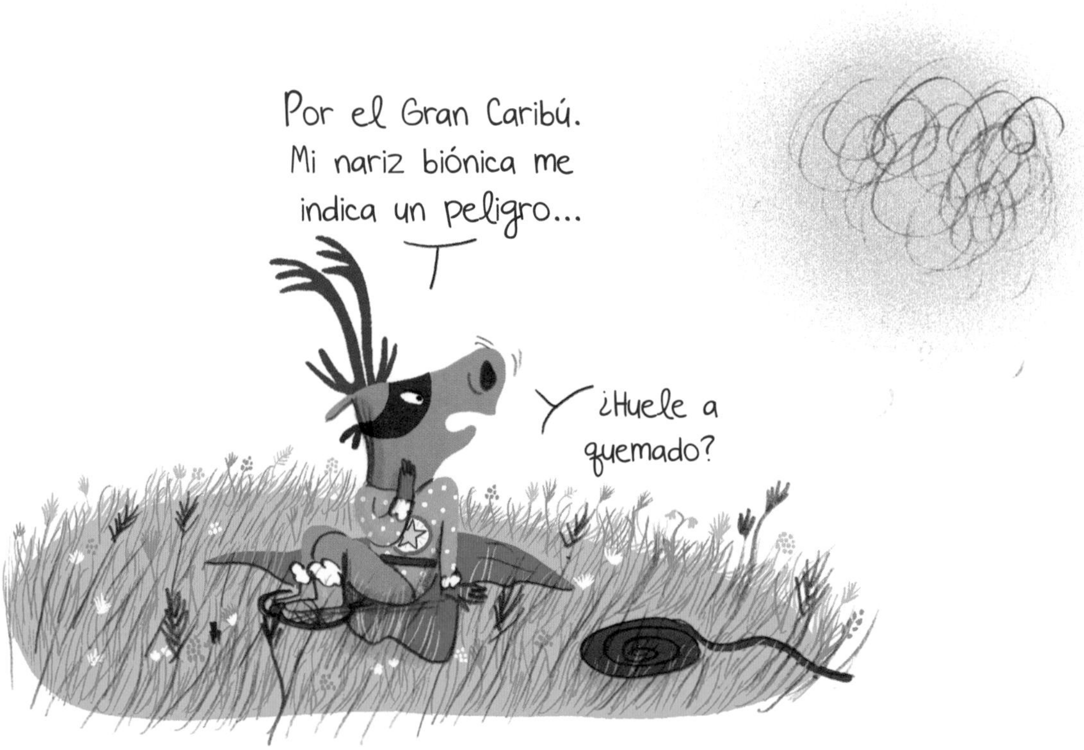
Por el Gran Caribú. Mi nariz biónica me indica un peligro...
¿Huele a quemado?

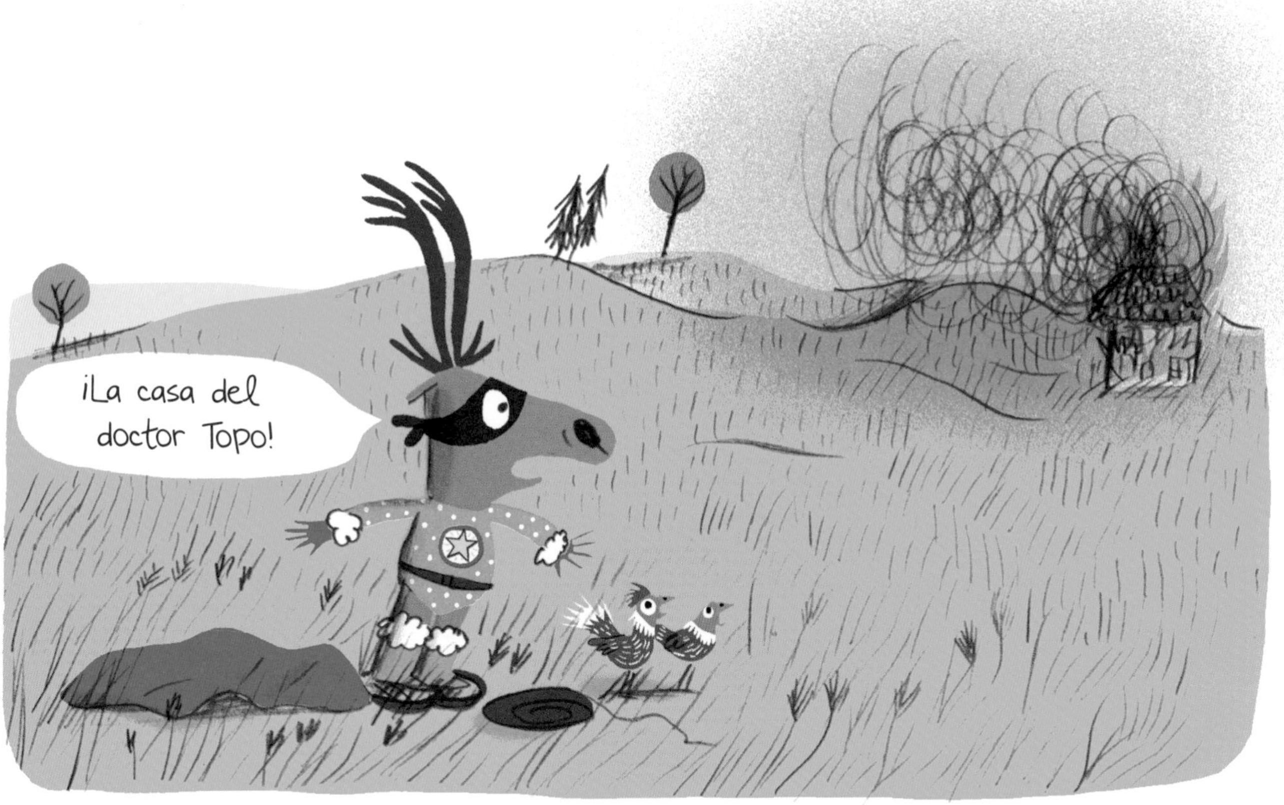
¡La casa del doctor Topo!

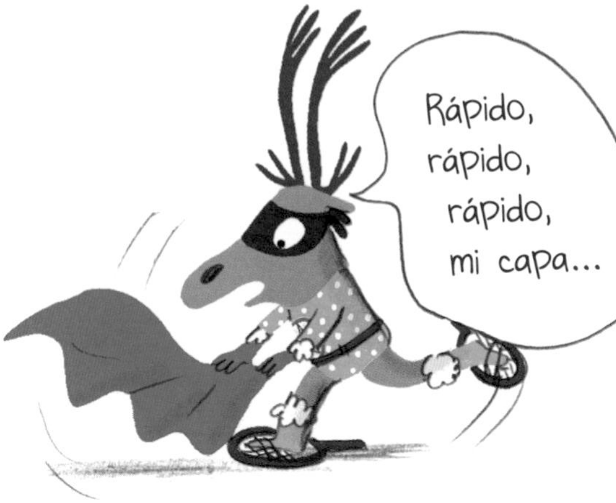
Rápido, rápido, rápido, mi capa...

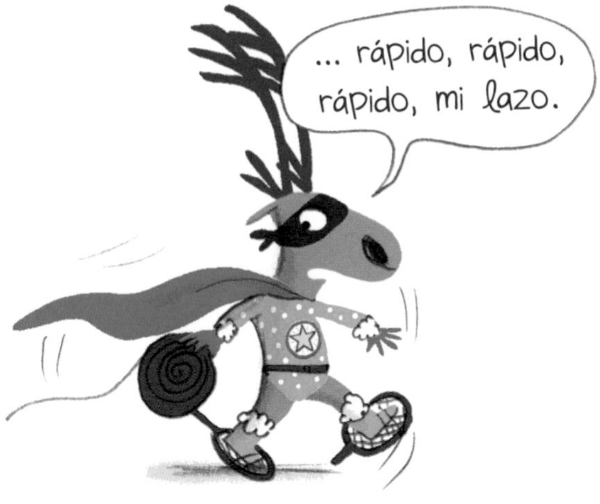
... rápido, rápido, rápido, mi lazo.

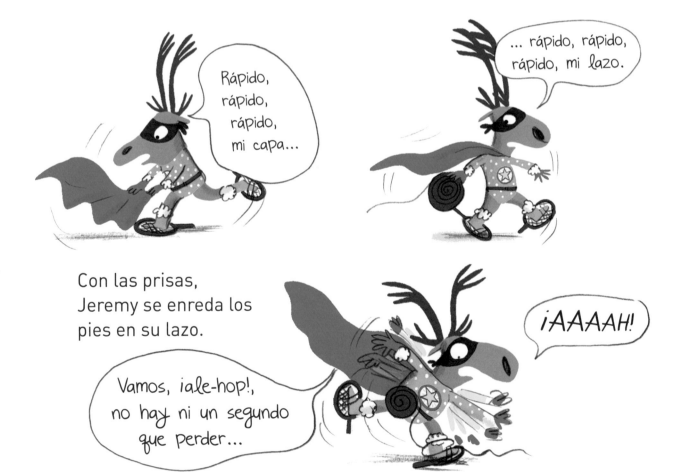

Con las prisas, Jeremy se enreda los pies en su lazo.

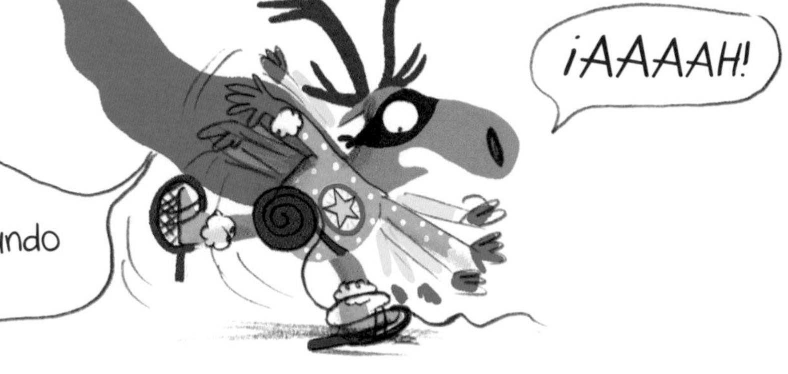
Vamos, ¡ale-hop!, no hay ni un segundo que perder...
¡AAAAH!

Al fin, Jeremy despega, listo para llevar a cabo nuevas hazañas.

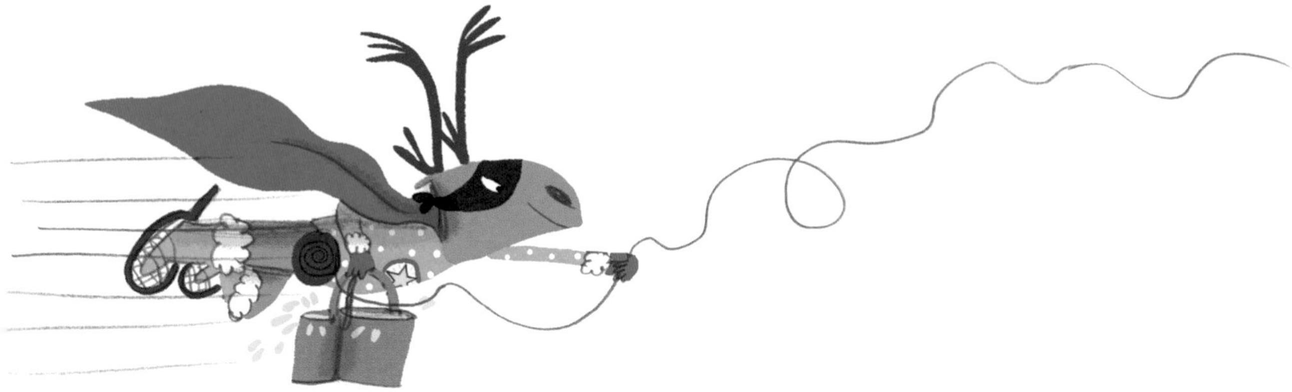

Cuando de repente...

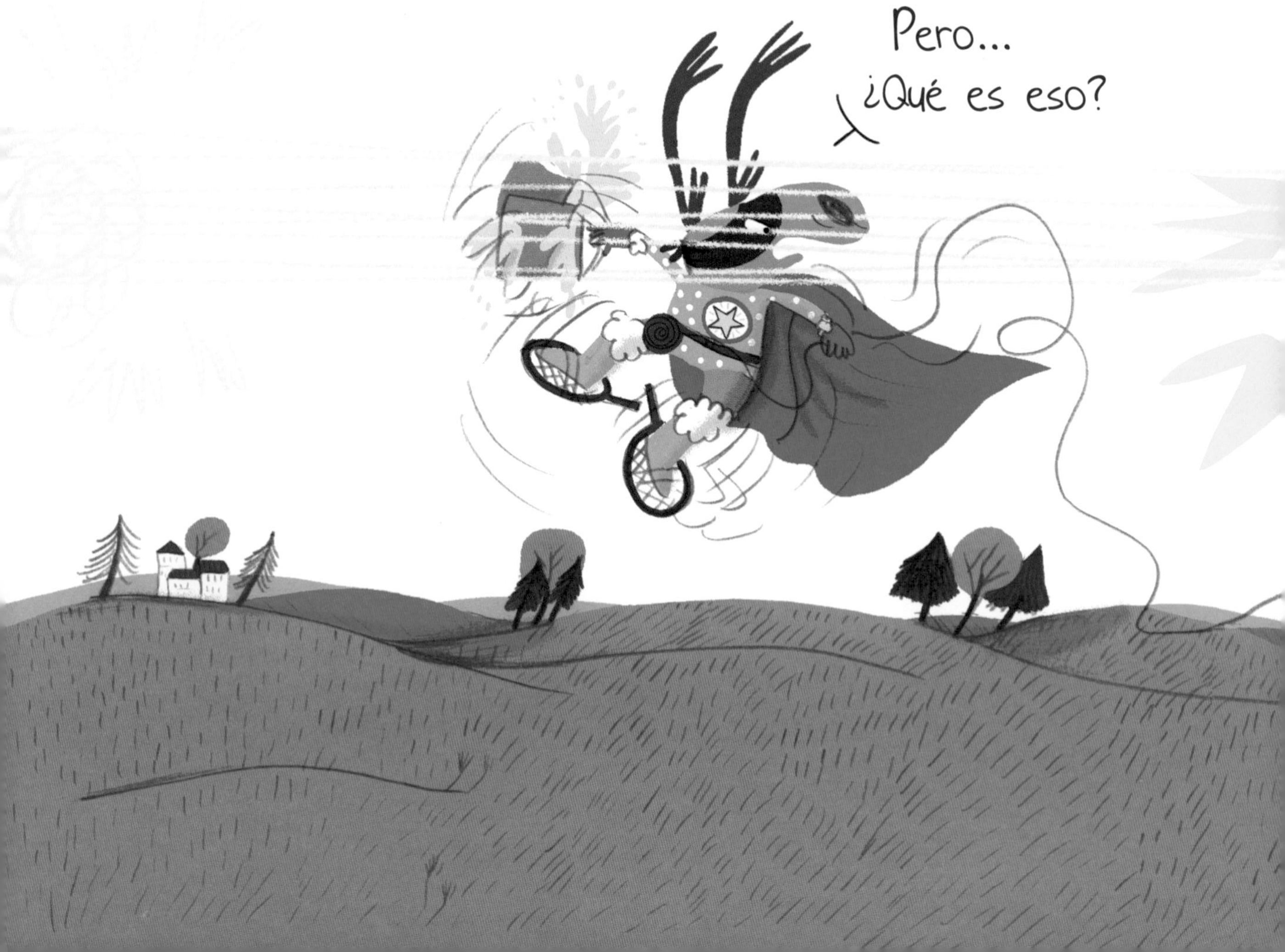
Pero... ¿Qué es eso?

Es adelantado por una criatura más rápida que un cohete.

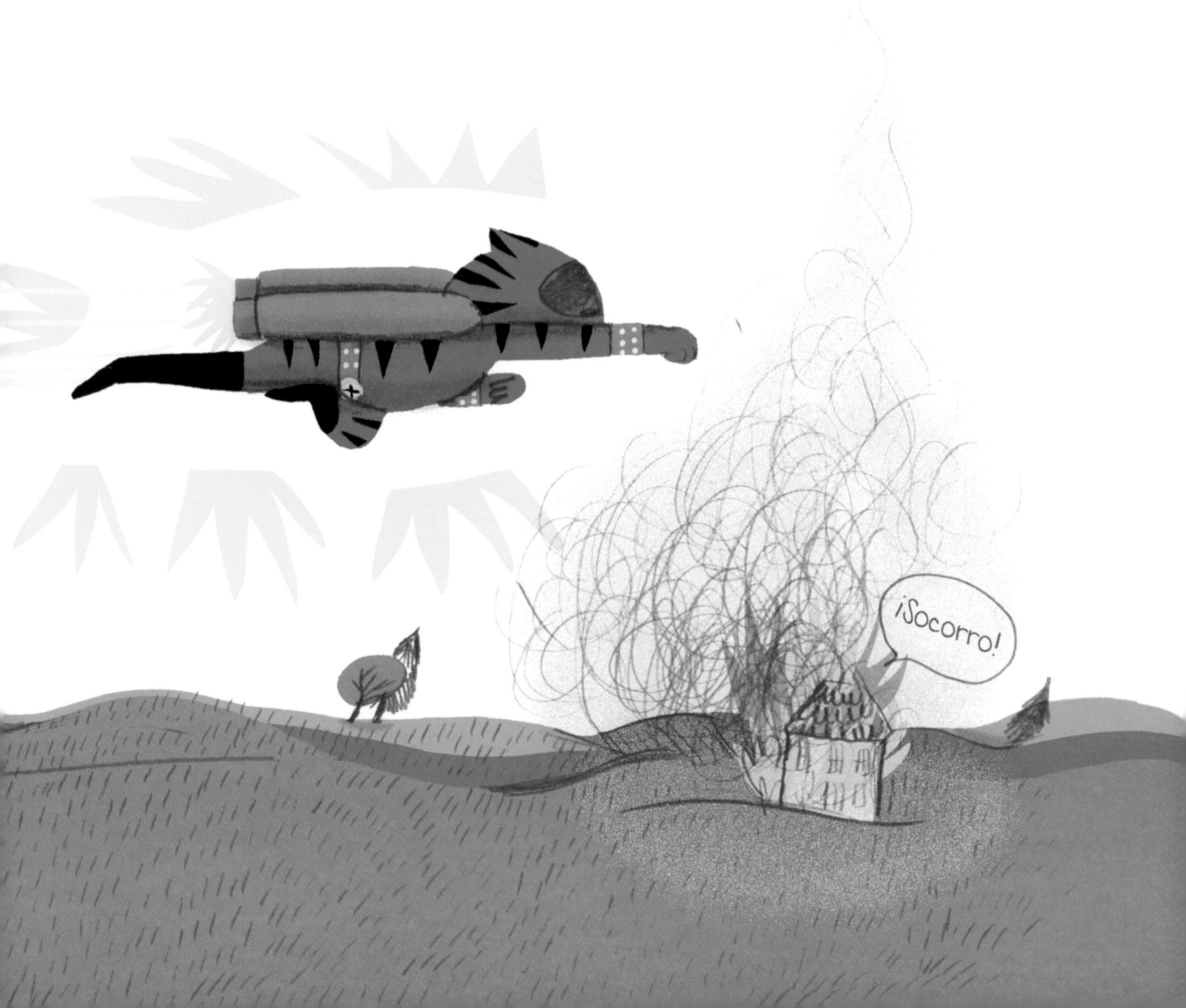
¡Socorro!

Jeremy observa con la boca abierta de par en par a ese extraño superhéroe que brilla y que se mueve con un zumbido cósmico...

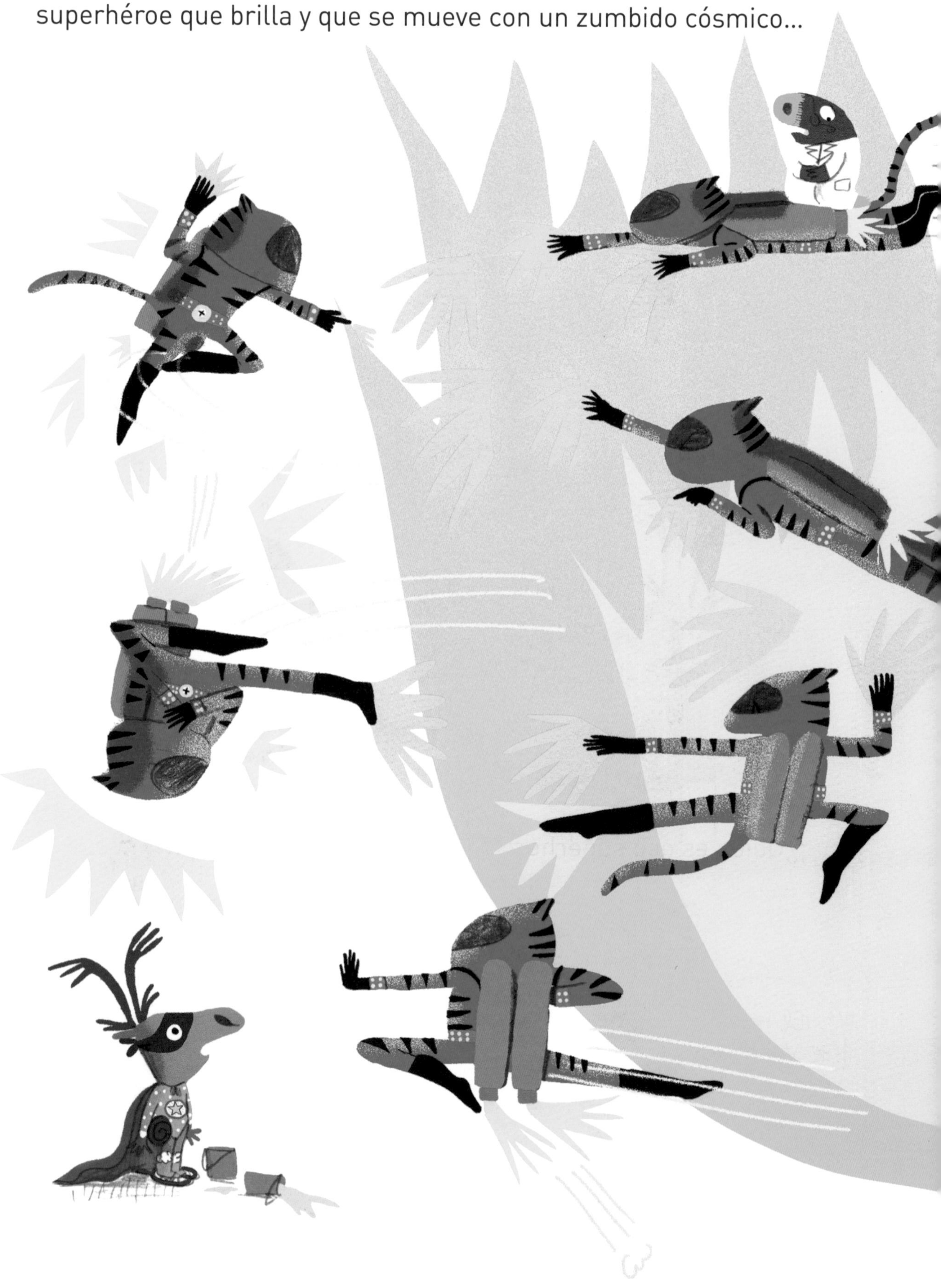

¡Uf! ¡El doctor Topo está fuera de peligro!

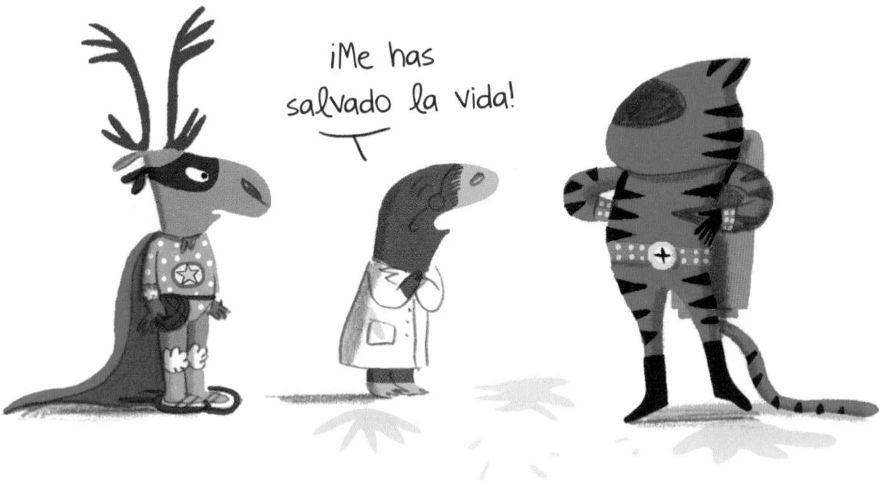
¡Me has salvado la vida!

Pero Jeremy se siente ofendido.

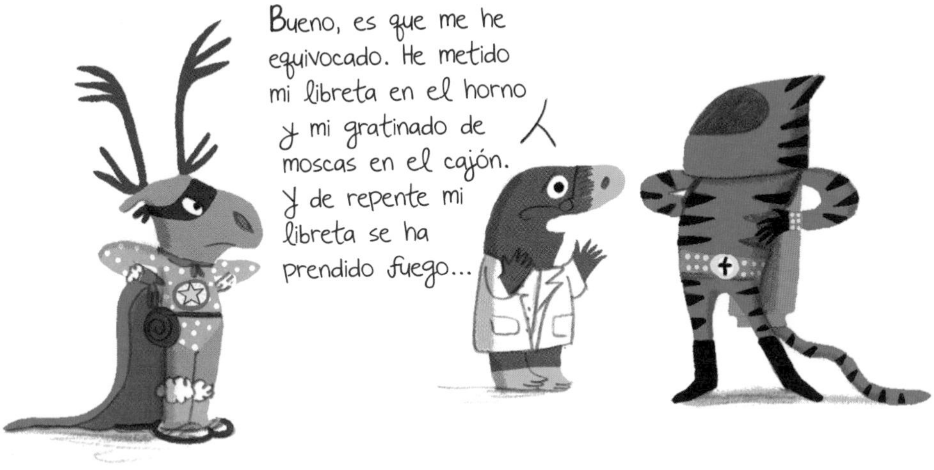
Bueno, es que me he equivocado. He metido mi libreta en el horno y mi gratinado de moscas en el cajón. Y de repente mi libreta se ha prendido fuego...

¡¿Quién es ese superhéroe que se atreve a desafiarle?!

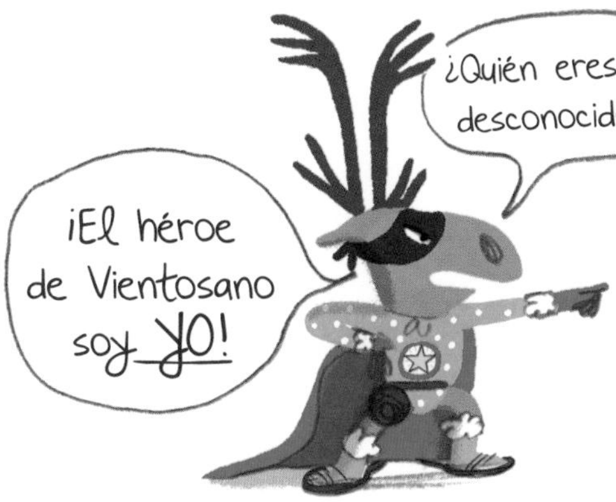
¿Quién eres tú, desconocido?
¡El héroe de Vientosano soy YO!

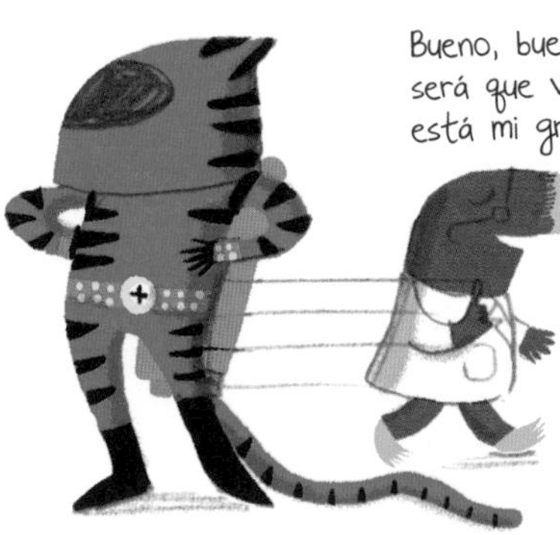
Bueno, bueno, mejor será que vaya a ver dónde está mi gratinado de moscas...

El desconocido decide quitarse su casco y... ¡sorpresa!

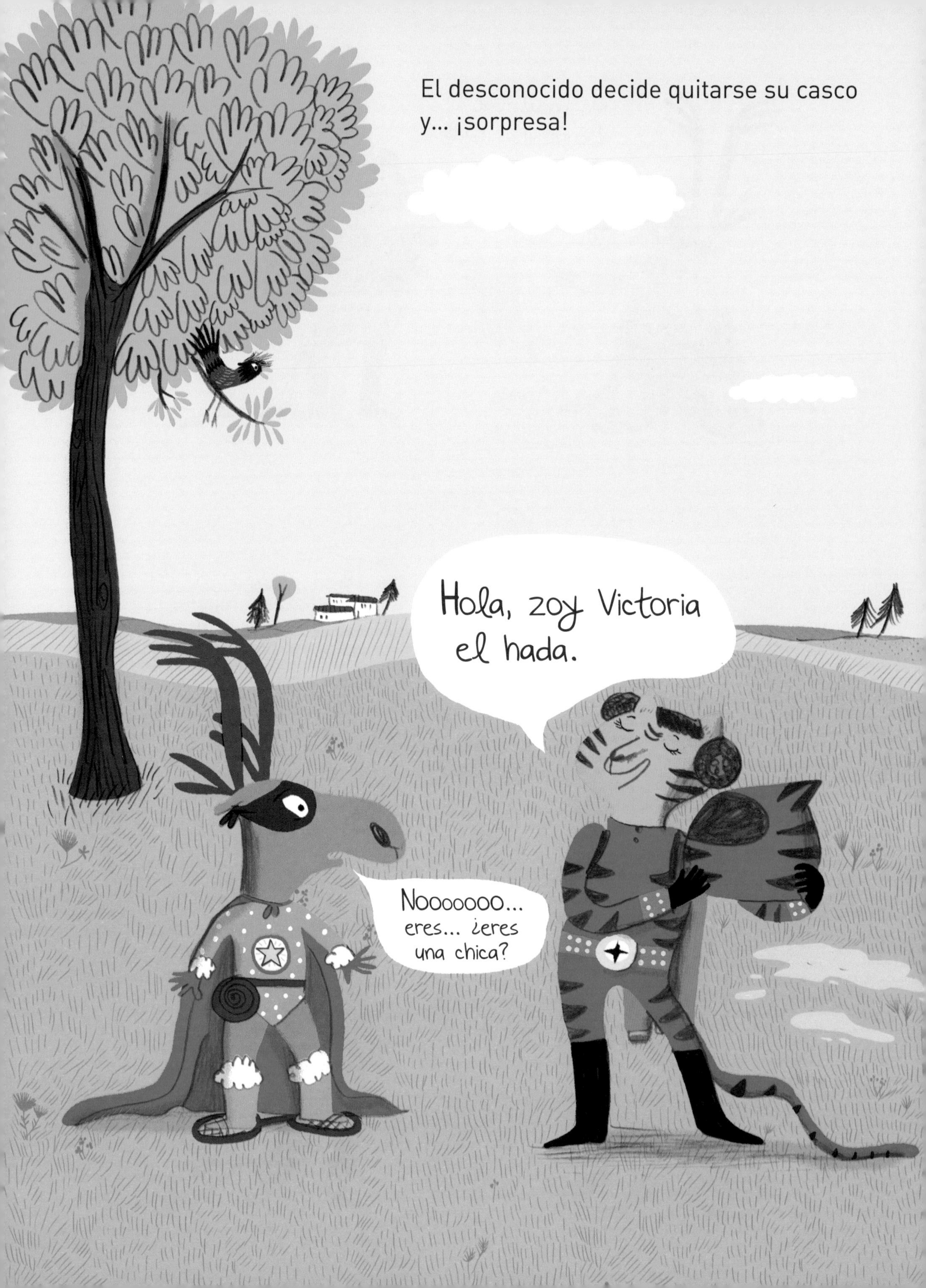
Hola, zoy Victoria el hada.
Nooooooo... eres... ¿eres una chica?

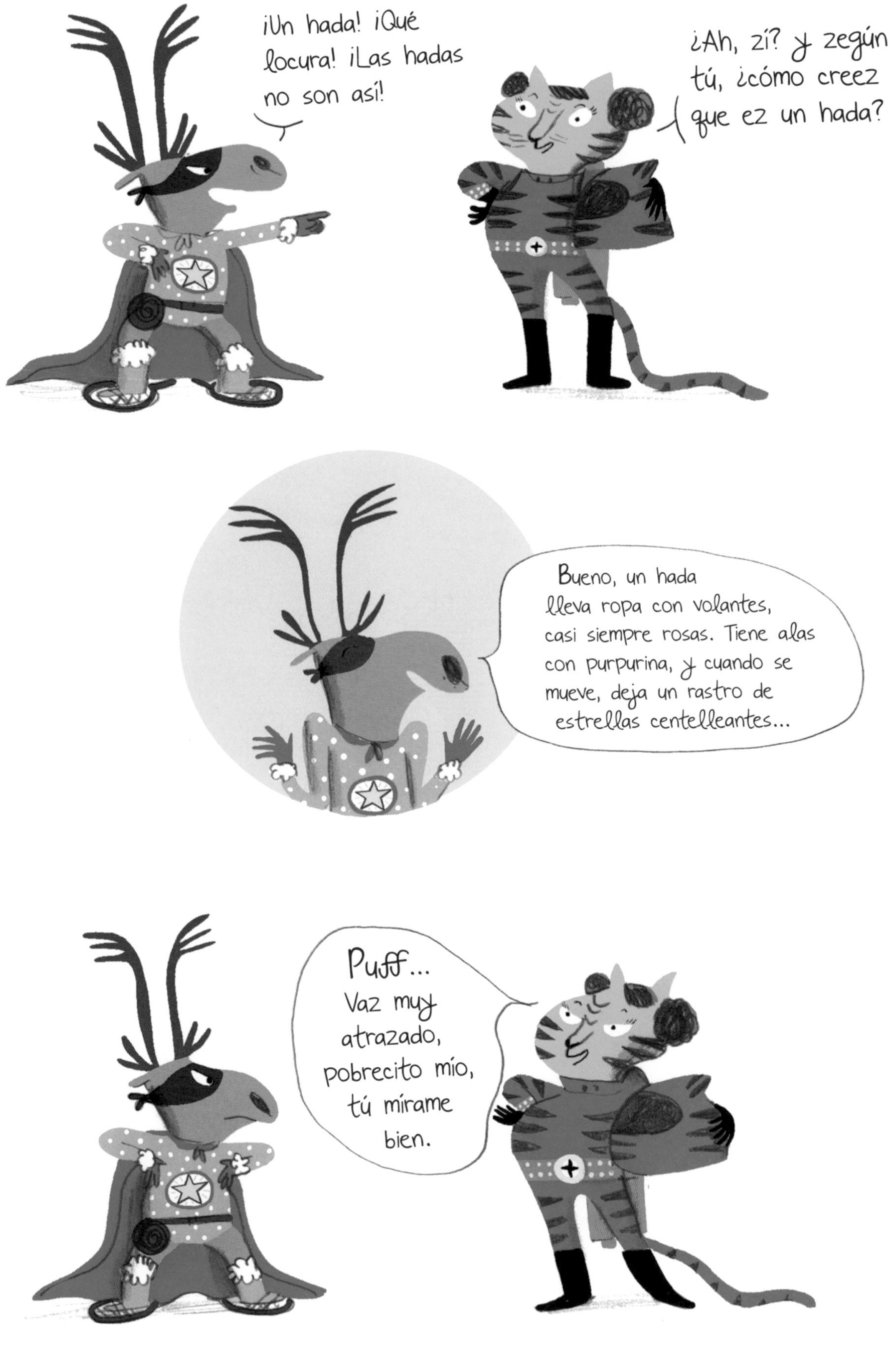
¡Un hada! ¡Qué locura! ¡Las hadas no son así!
¿Ah, zí? Y zegún tú, ¿cómo creez que ez un hada?
Bueno, un hada lleva ropa con volantes, casi siempre rosas. Tiene alas con purpurina, y cuando se mueve, deja un rastro de estrellas centelleantes...
Pufff...
Vaz muy atrazado, pobrecito mío, tú mírame bien.

Jeremy está muy sorprendido. Él no pensaba que las hadas fueran así.

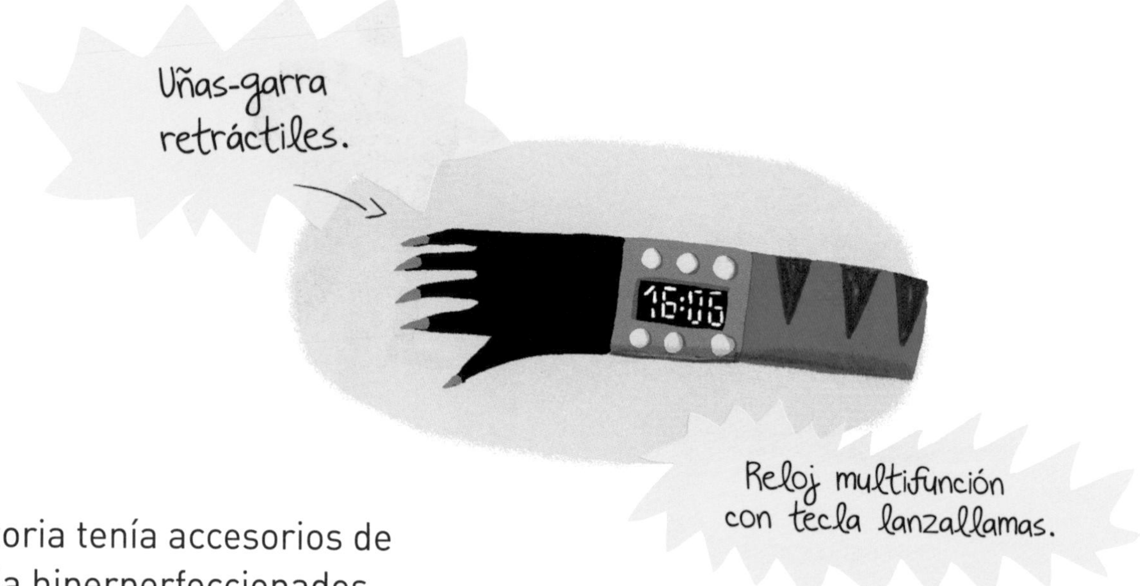
Uñas-garra retráctiles.
16:06
Reloj multifunción con tecla lanzallamas.

Victoria tenía accesorios de hada hiperperfeccionados.

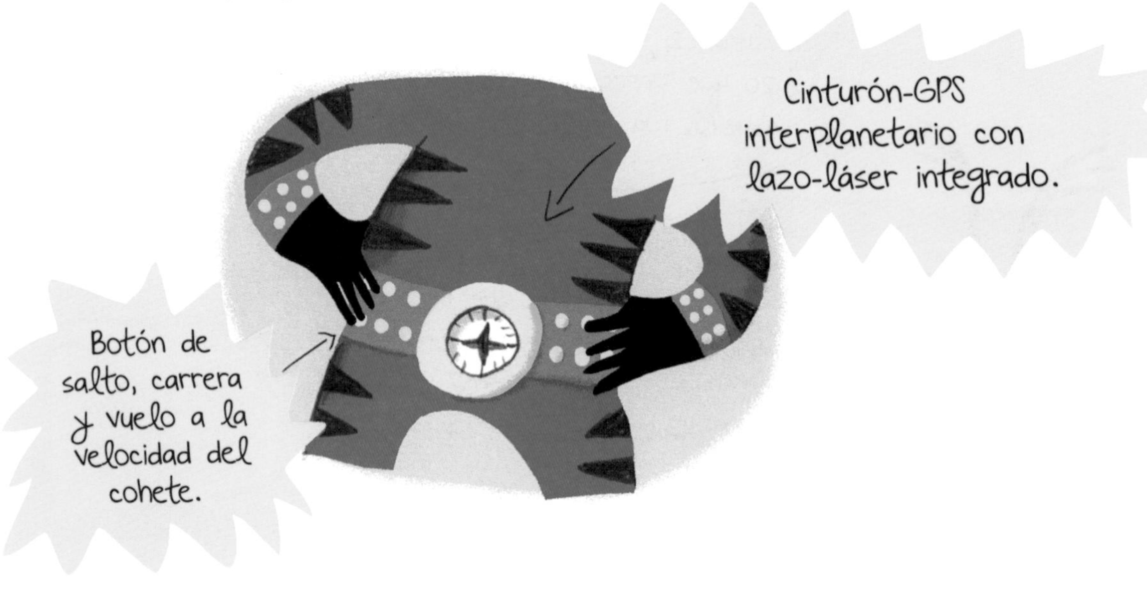
Cinturón-GPS interplanetario con lazo-láser integrado.
Botón de salto, carrera y vuelo a la velocidad del cohete.

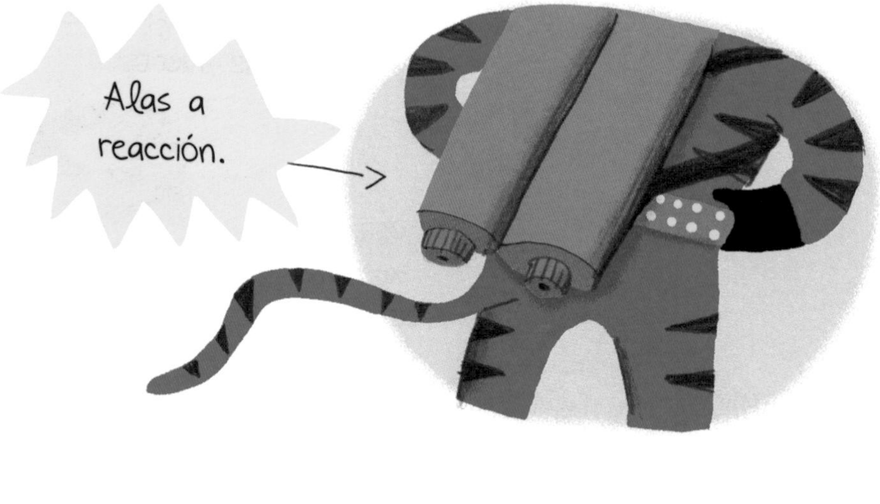
Alas a reacción.

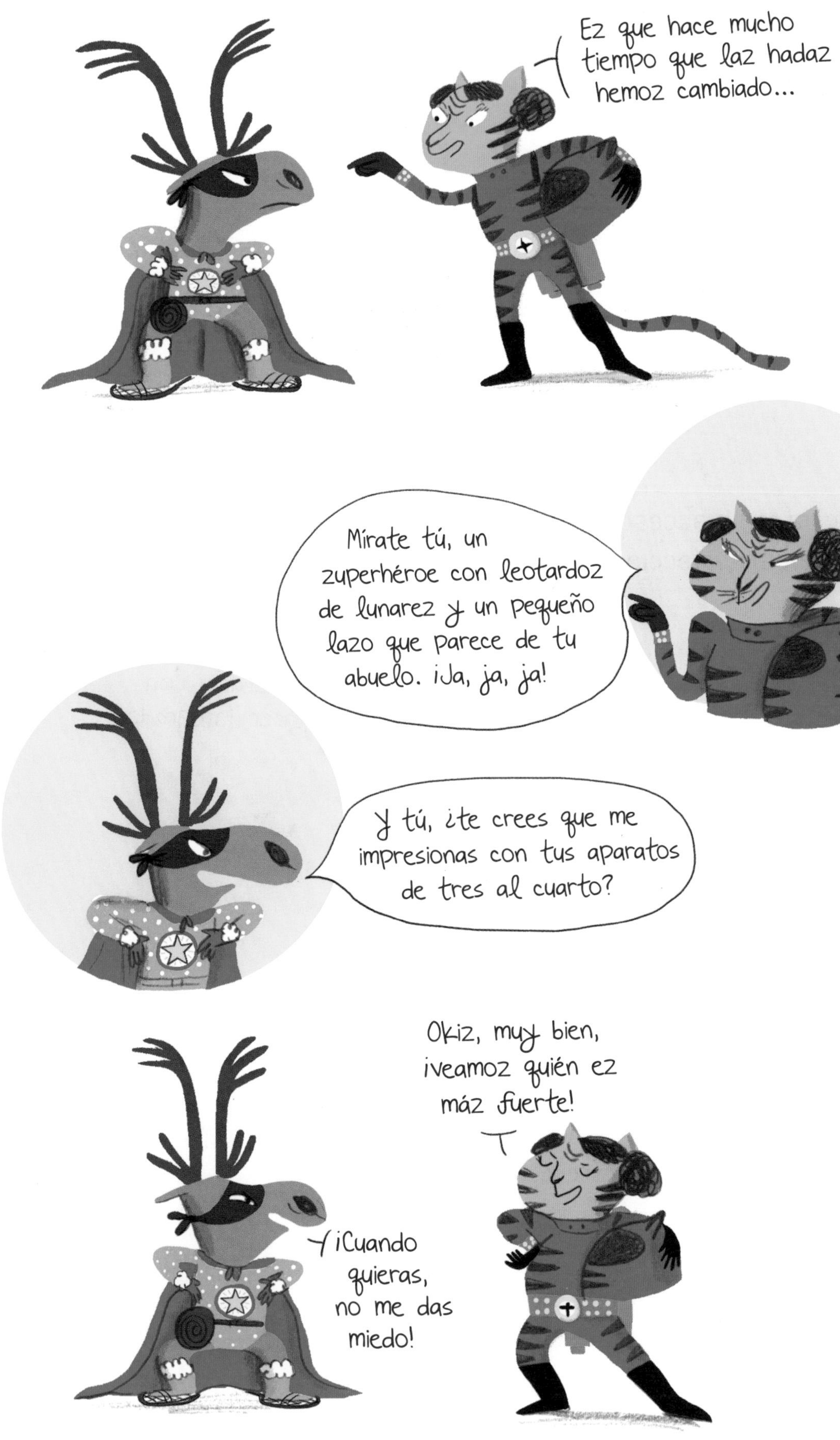
Ez que hace mucho tiempo que laz hadaz hemoz cambiado...
Mírate tú, un zuperhéroe con leotardoz de lunarez y un pequeño lazo que parece de tu abuelo. ¡Ja, ja, ja!
Y tú, ¿te crees que me impresionas con tus aparatos de tres al cuarto?
Okiz, muy bien, ¡veamoz quién ez máz fuerte!
¡Cuando quieras, no me das miedo!

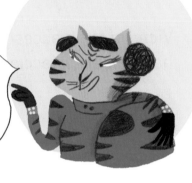

Jeremy y Victoria deciden competir el uno contra el otro. ¡Los habitantes de Vientosano asisten al terrible enfrentamiento!

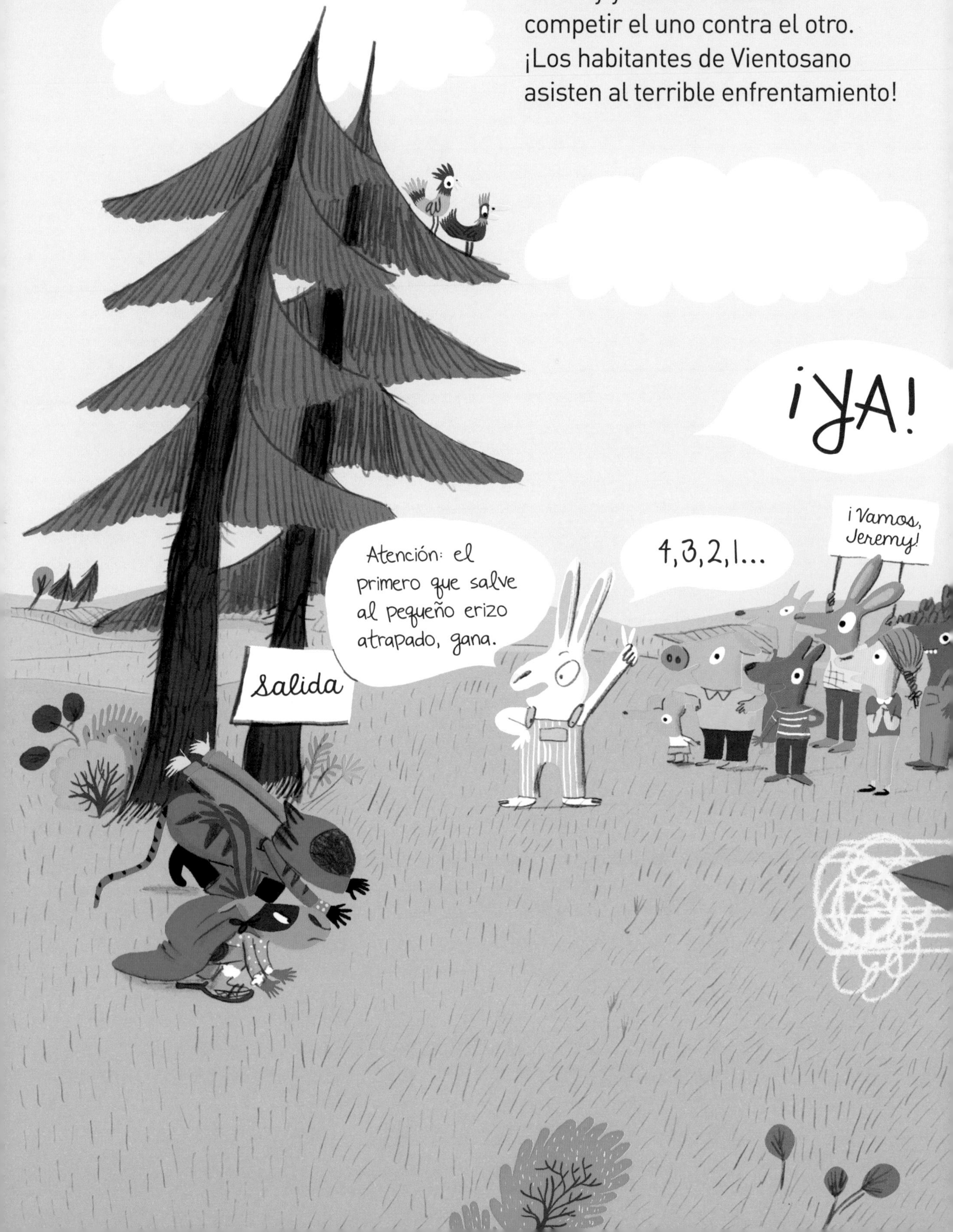
¡YA!
¡Vamos, Jeremy!
Atención: el primero que salve al pequeño erizo atrapado, gana.
4, 3, 2, 1...
Salida

Victoria sale disparada como una flecha...

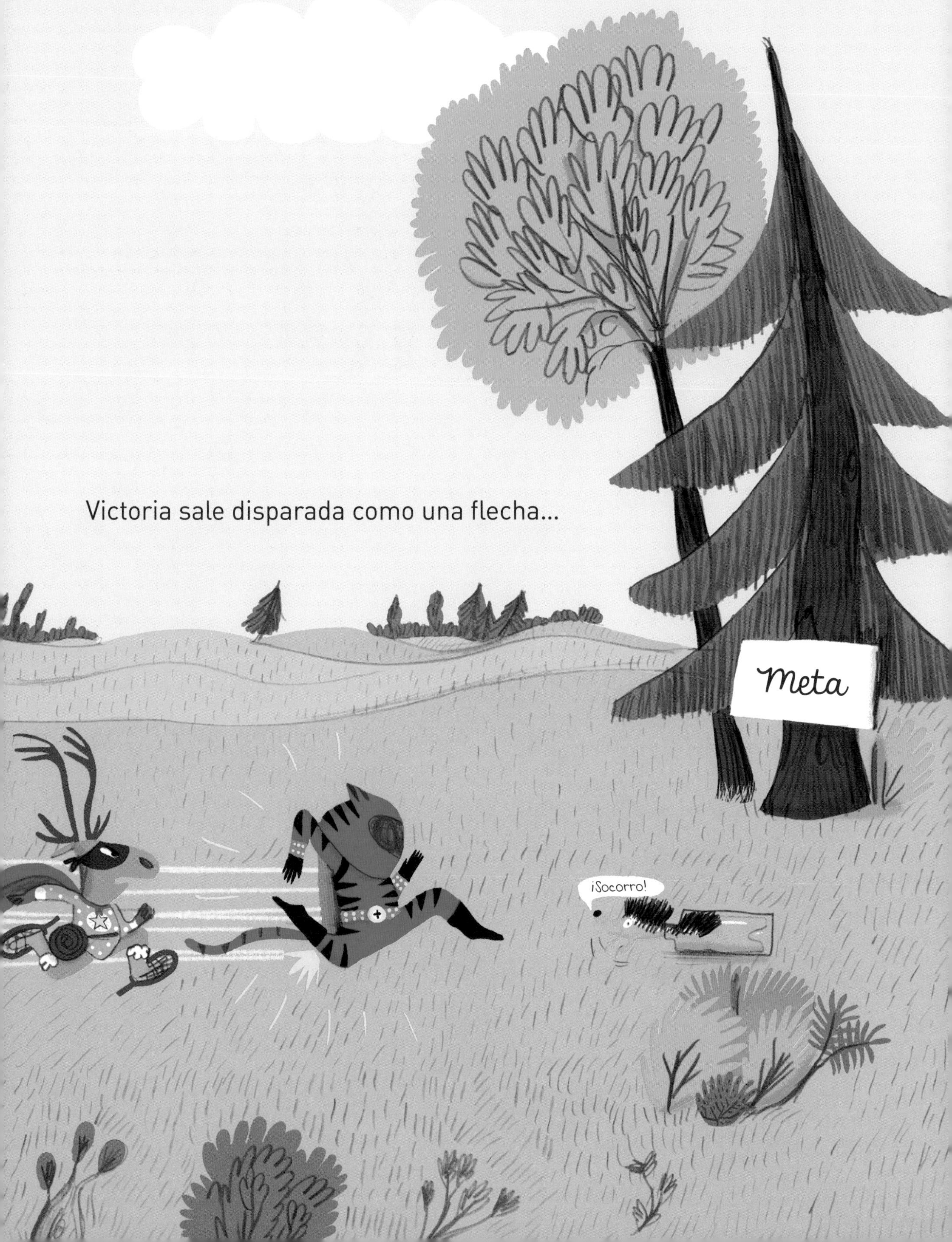
Meta
¡Socorro!

... y salva al pequeño erizo en menos de lo que canta un gallo. Jeremy está cada vez más enfadado.

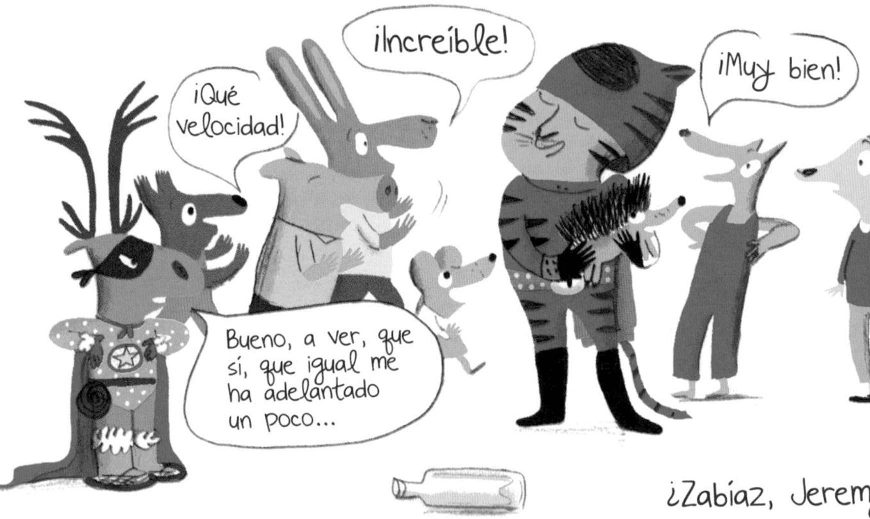
¡Qué velocidad!
¡Increíble!
¡Muy bien!
Bueno, a ver, que sí, que igual me ha adelantado un poco...

Victoria continúa burlándose de Jeremy.

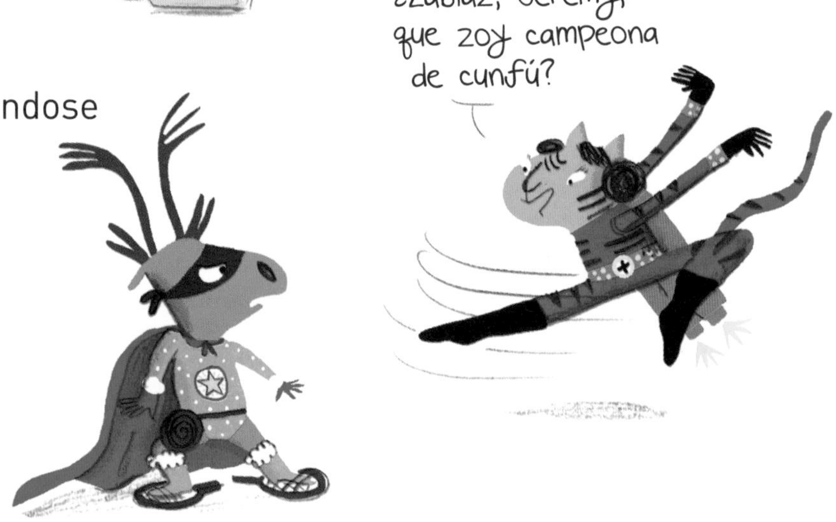
¿Zabíaz, Jeremy, que zoy campeona de cunfú?

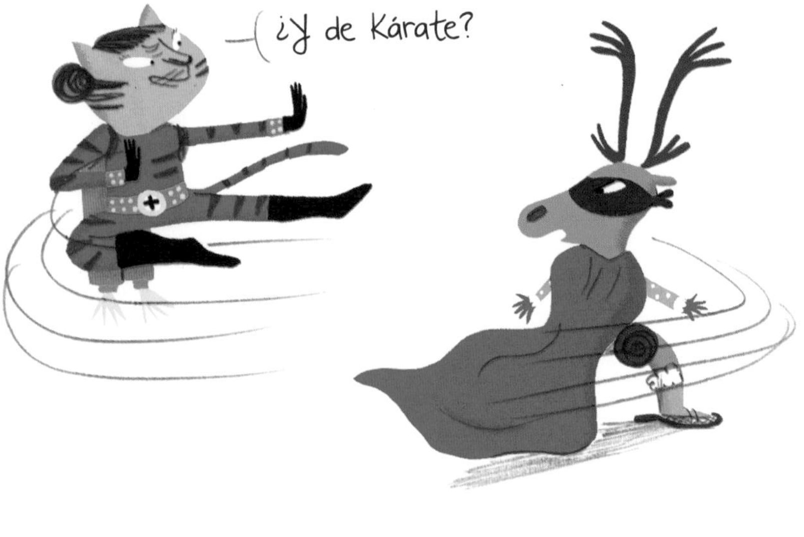
¿Y de Kárate?

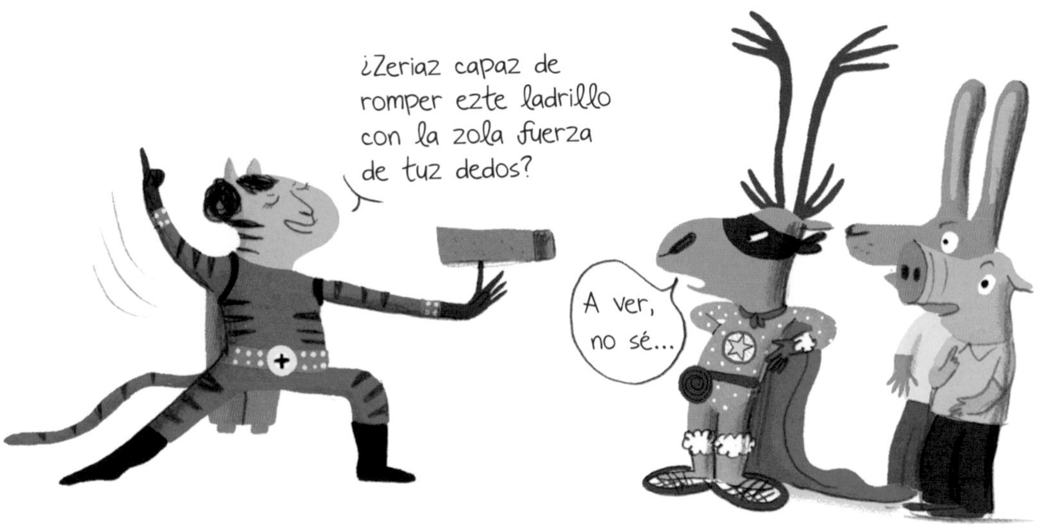
¿Zeriaz capaz de romper ezte ladrillo con la zola fuerza de tuz dedos?
A ver, no sé...

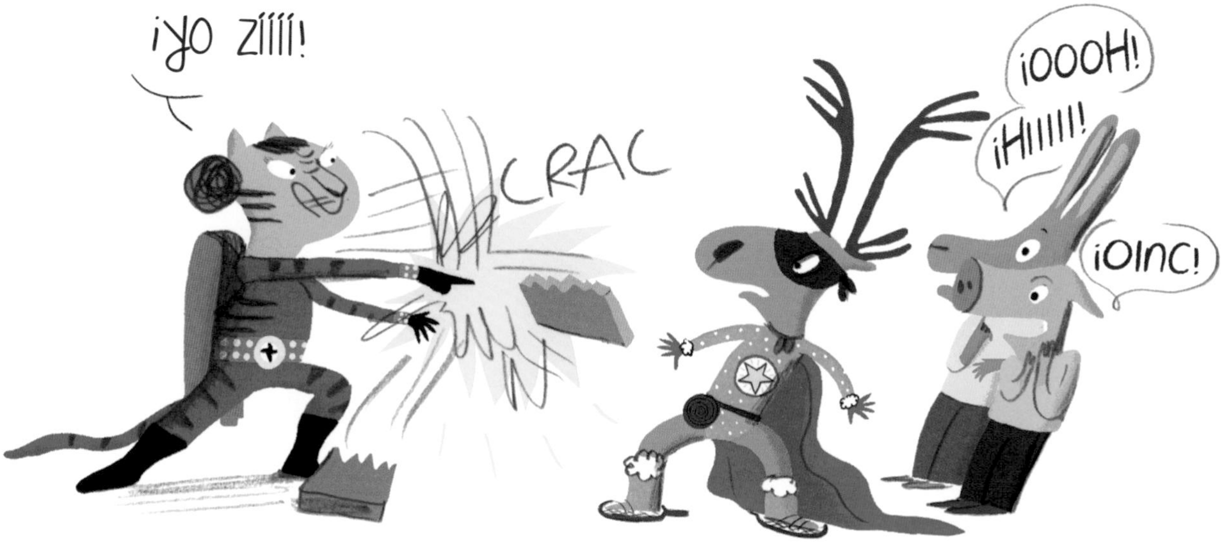
¡YO ZÍÍÍÍ!
CRAC
¡OOOH!
¡HIIIIII!
¡OINC!

Todos los habitantes de Vientosano quedan impresionados por Victoria.

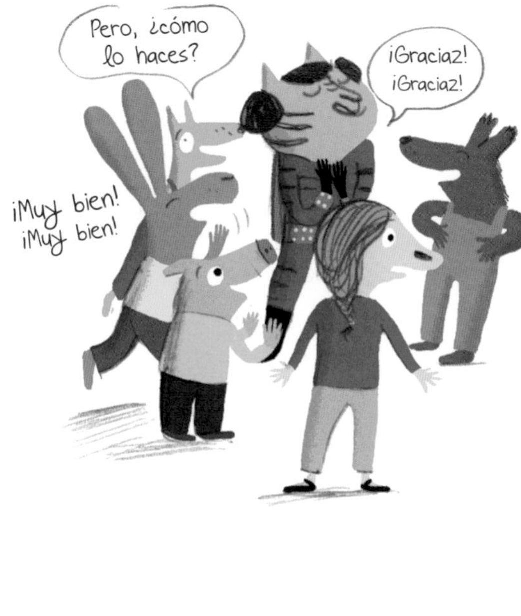
Pero, ¿cómo lo haces?
¡Graciaz! ¡Graciaz!
¡Muy bien! ¡Muy bien!

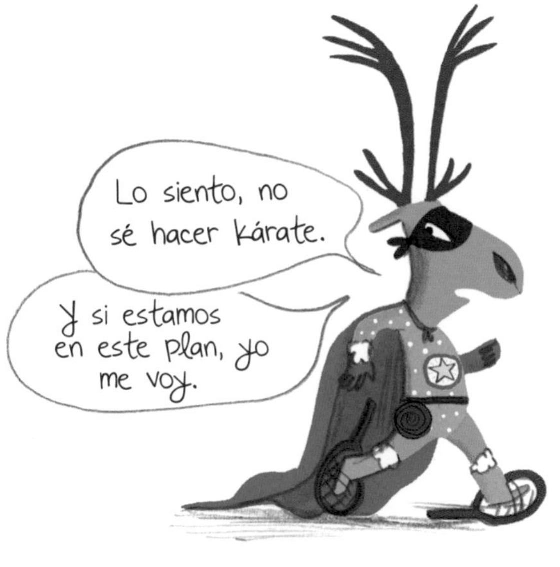
Lo siento, no sé hacer kárate.
Y si estamos en este plan, yo me voy.

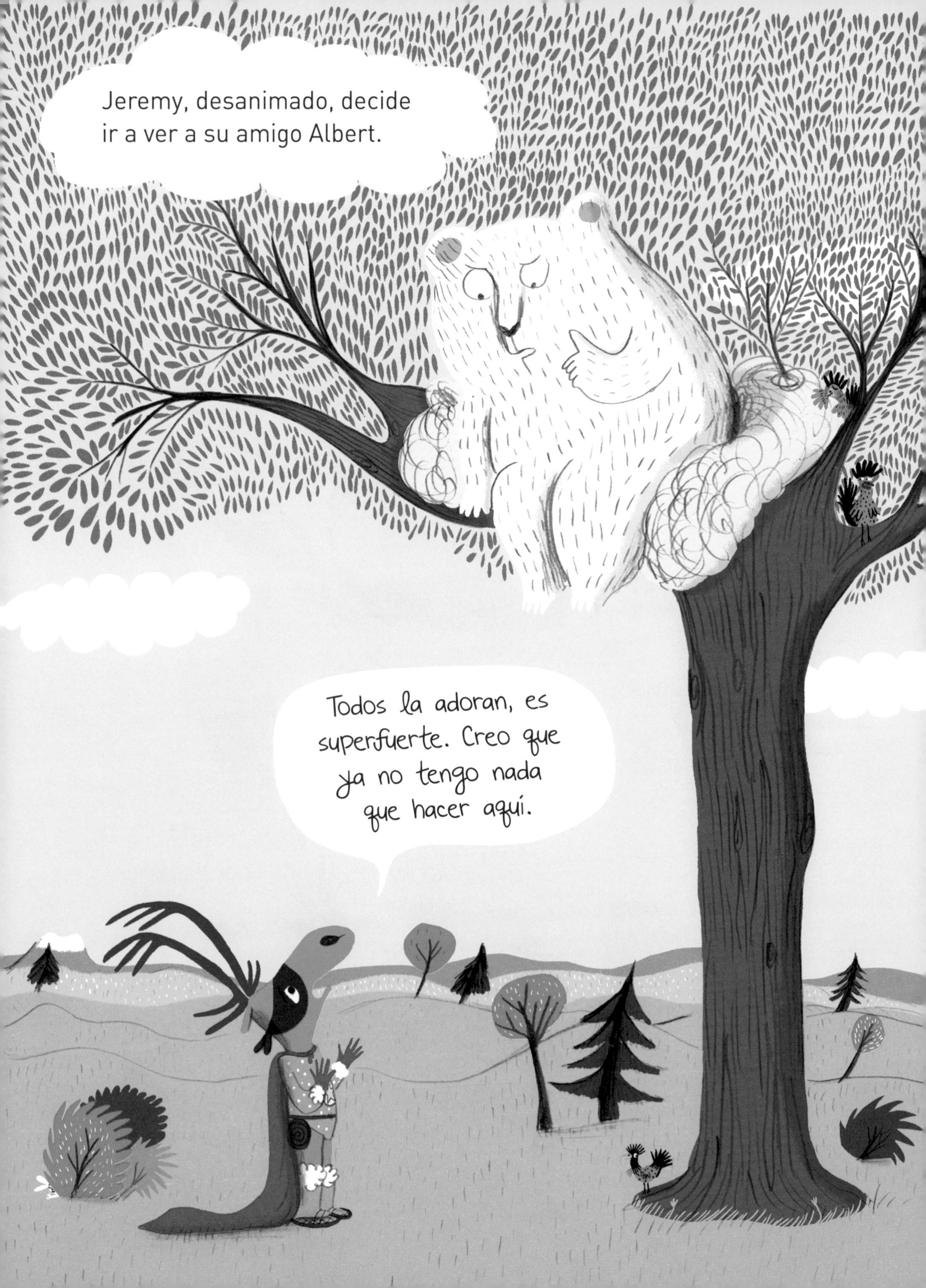
Jeremy, desanimado, decide ir a ver a su amigo Albert.
Todos la adoran, es superfuerte. Creo que ya no tengo nada que hacer aquí.

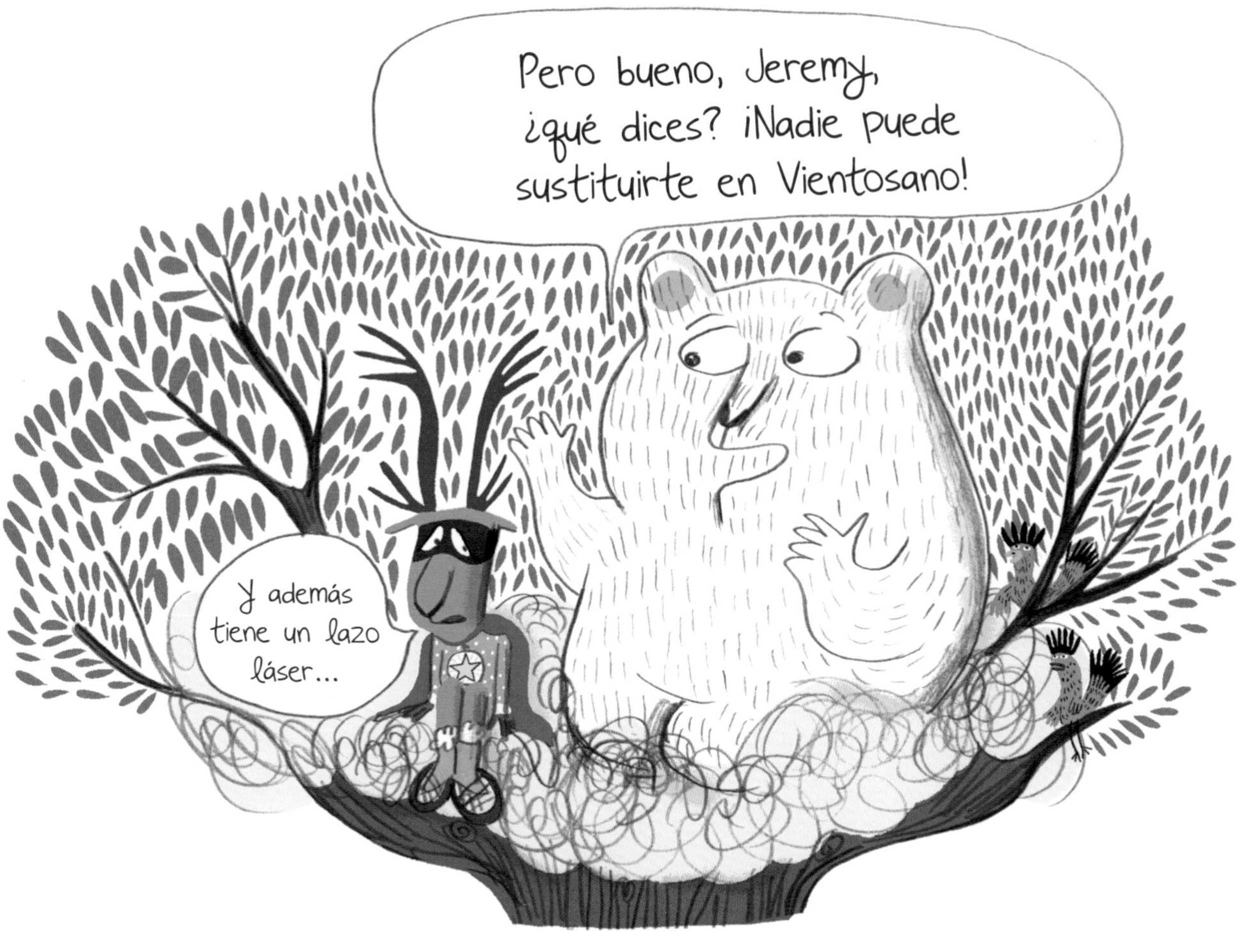
Pero bueno, Jeremy, ¿qué dices? ¡Nadie puede sustituirte en Vientosano!
Y además tiene un lazo láser...

De repente, Jeremy ve a Gisele.

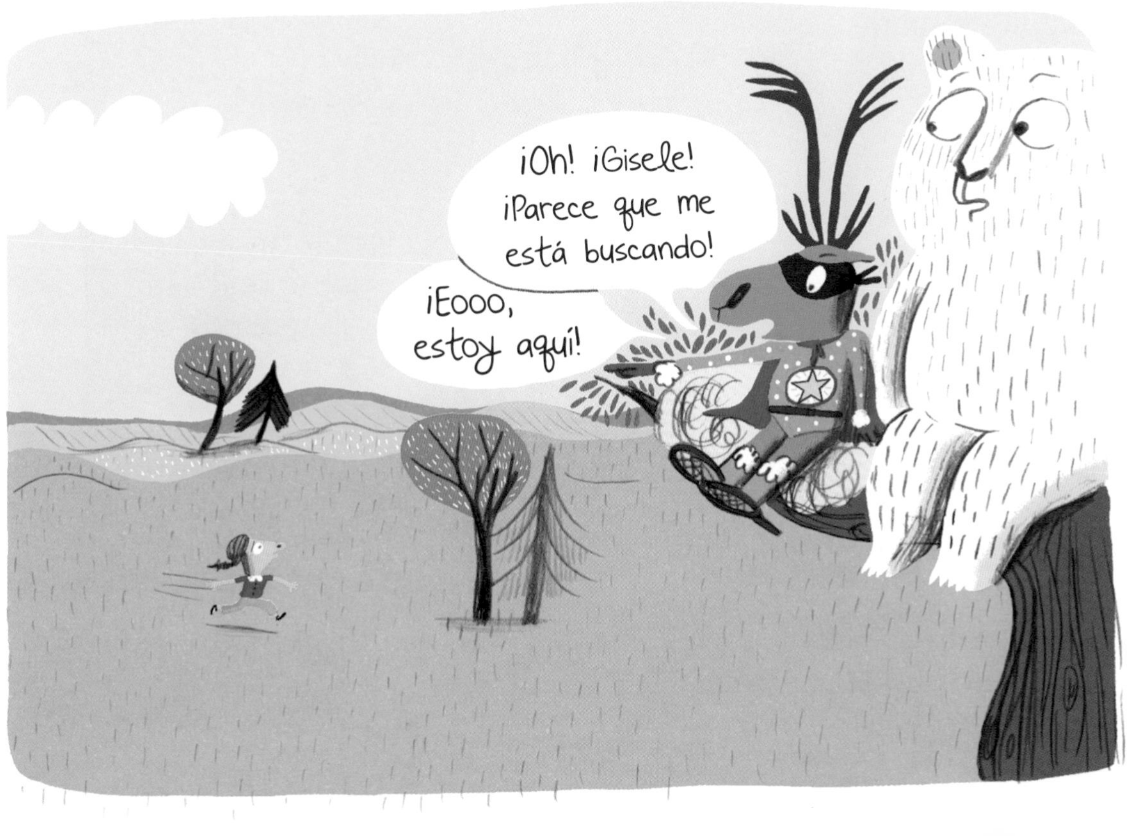
¡Oh! ¡Gisele! ¡Parece que me está buscando!
¡Eooo, estoy aquí!

Jeremy le explica su problema a Gisele.

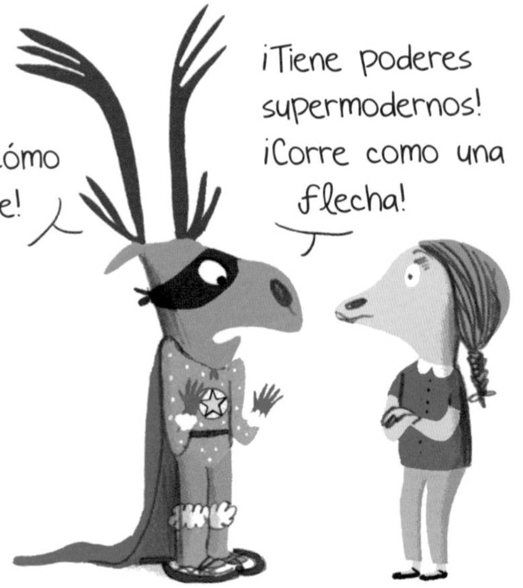
¡No sé cómo lo hace!
¡Tiene poderes supermodernos! ¡Corre como una flecha!

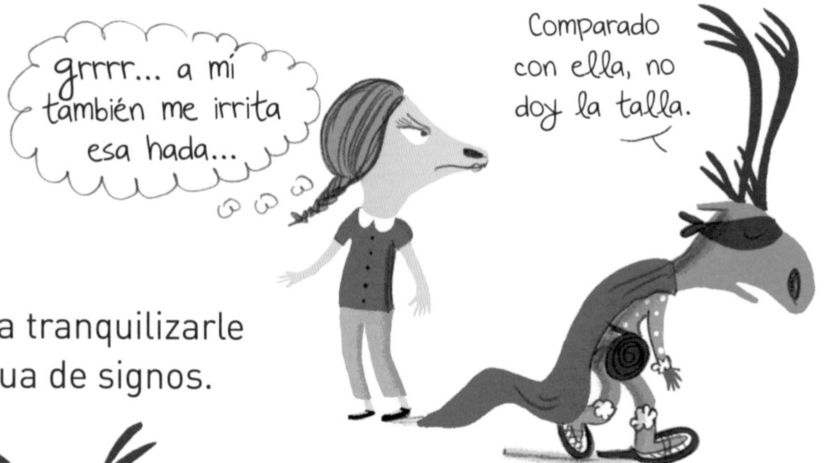
grrrr... a mí también me irrita esa hada...
Comparado con ella, no doy la talla.

Ella intenta tranquilizarle en su lengua de signos.

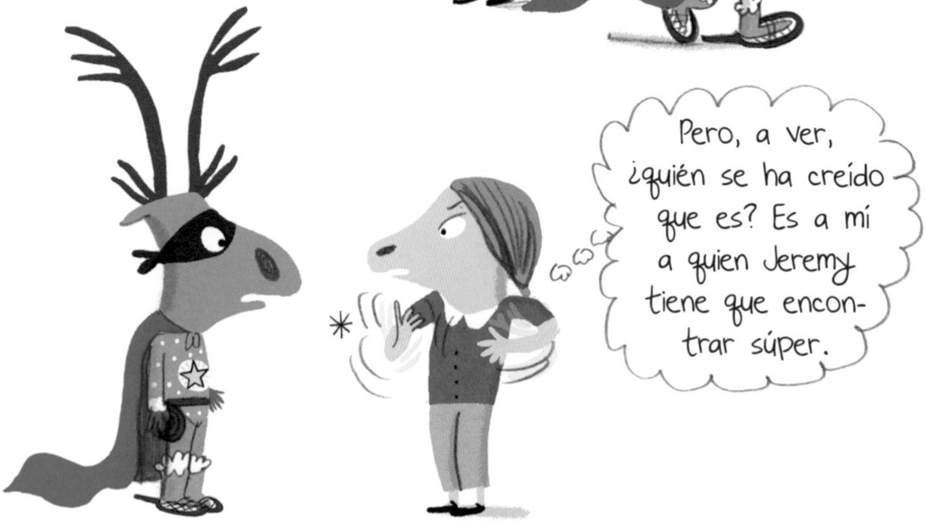
*
Pero, a ver, ¿quién se ha creído que es? Es a mí a quien Jeremy tiene que encontrar súper.

* Escucha, Jeremy, Victoria quizá sea más fuerte que tú, pero tú no necesitas todos esos aparatos para ser súper.

Ver *Súper Caribú. Los superhéroes también se enamoran.*

De pronto, se oye un grito… Jeremy comprende enseguida de qué se trata.

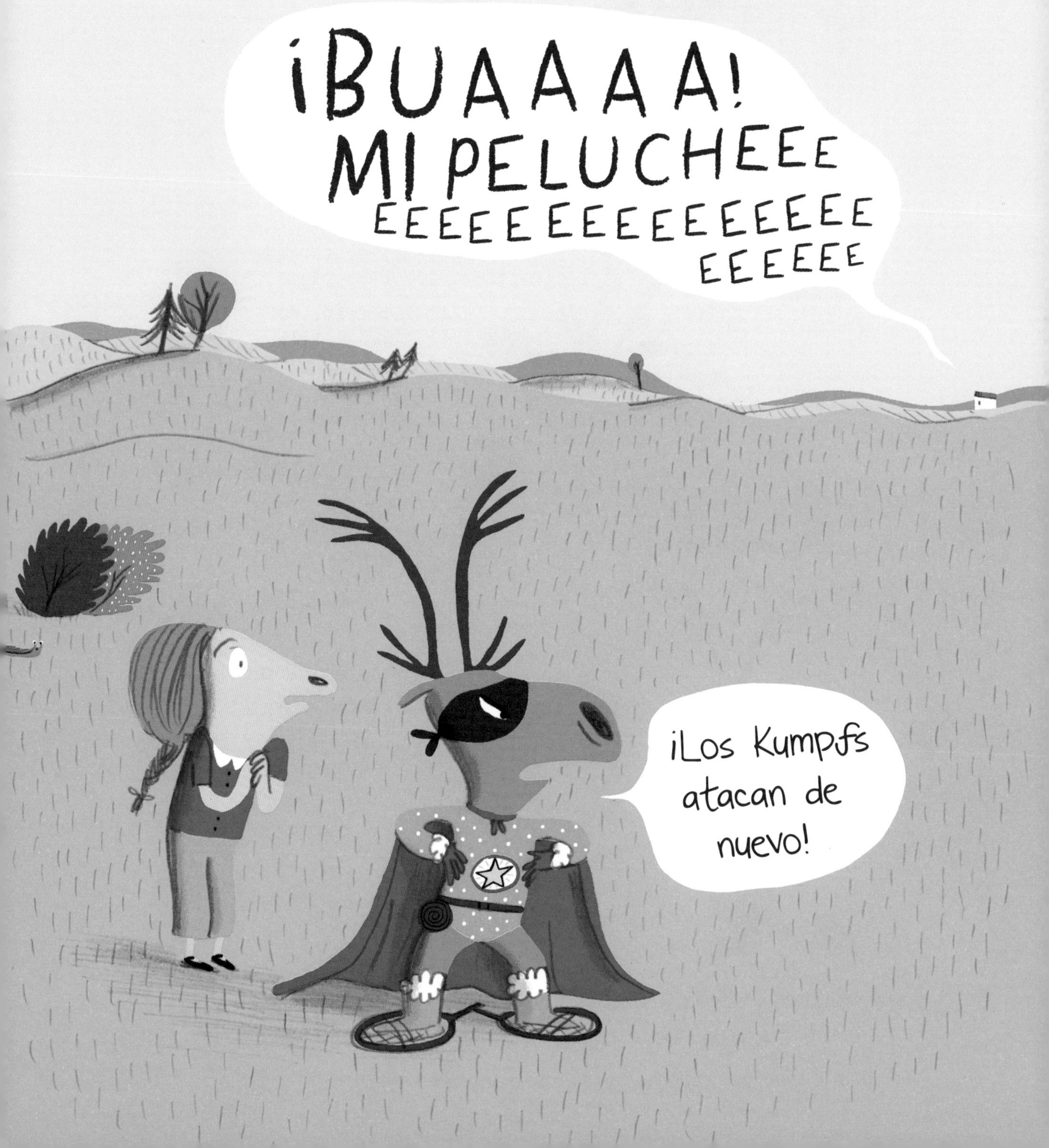
¡BUAAAA!
MI PELUCHEEE
EEEEEEEEEEEEEEE
EEEEEE
¡Los Kumpfs atacan de nuevo!

Jeremy, más valiente que nunca, reúne todas sus fuerzas para enfrentarse a los kumpfs.

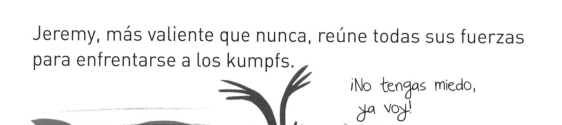

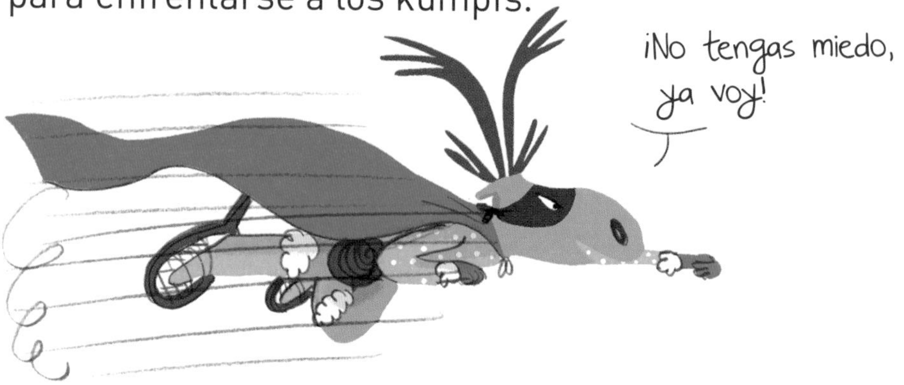
¡No tengas miedo, ya voy!

Pero, una vez más, es adelantado por Victoria.

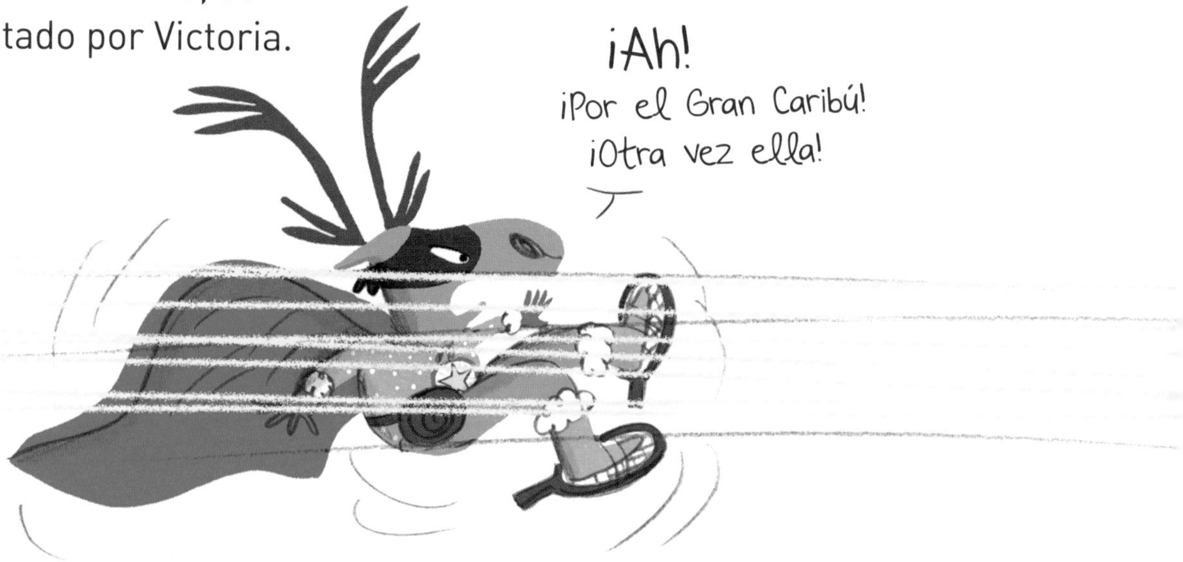
¡Ah!
¡Por el Gran Caribú! ¡Otra vez ella!

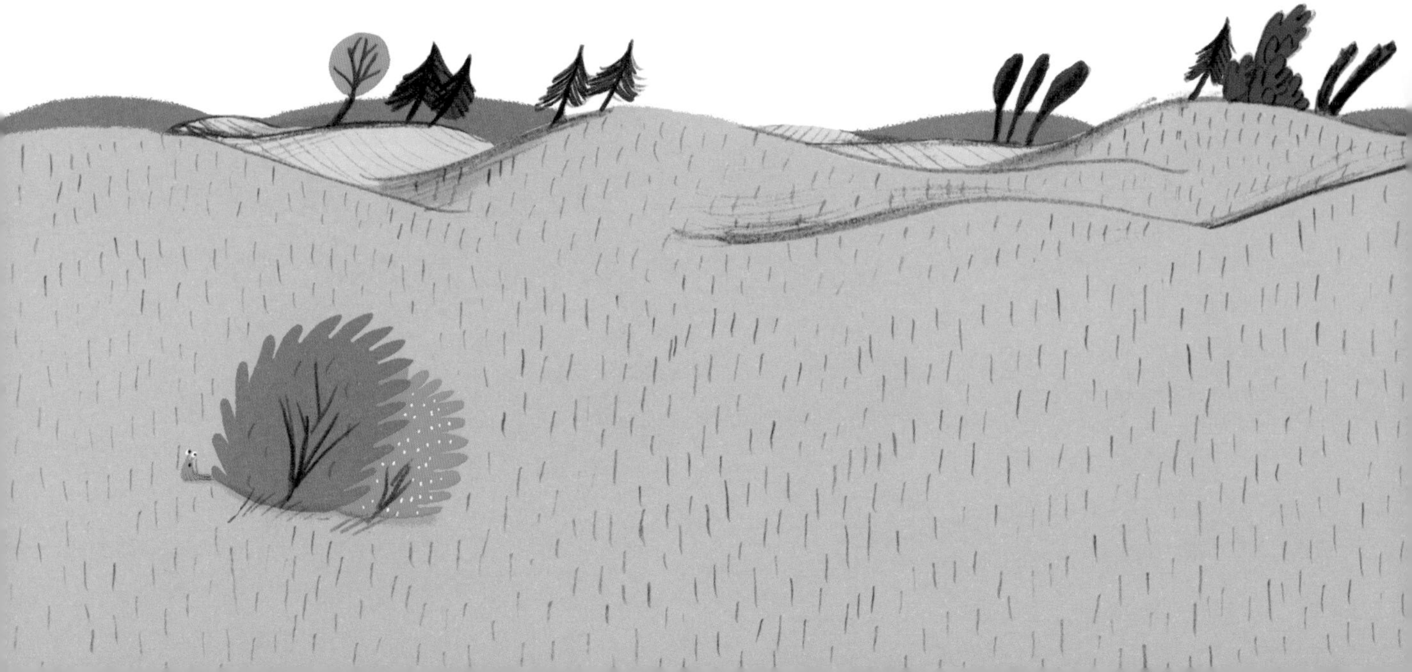

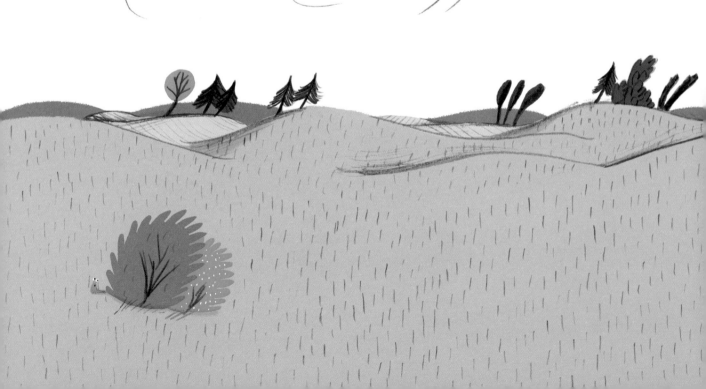

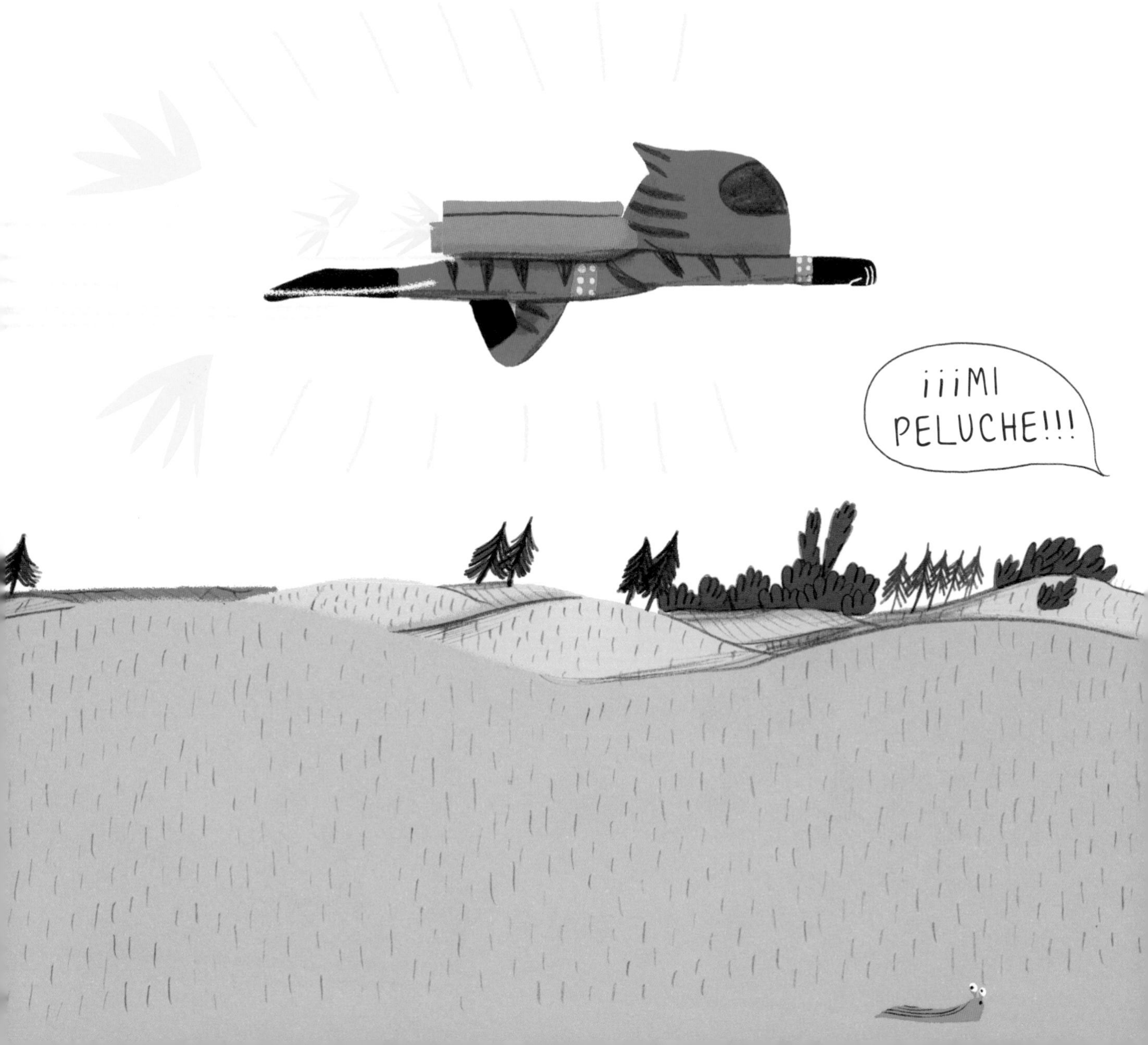
¡¡¡MI PELUCHE!!!

Victoria llega la primera, pero...

¡Eo, eo! ¡Estamos aquí!

¡Hu, hu, kumpfz! ¿Dónde eztáiz?

¡Ajá! ¡Vozotroz zoiz los kumpfz! ¡Dadme el peluche ahora mizmo!

¡Ven a cogerlo si puedes!

Pero zi vozotroz zolo zoiz pequeñoz y ridículoz muñecoz. ¡Ezto va a zer demaziado fácil!

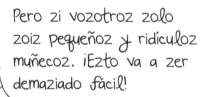

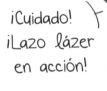

¡Cuidado! ¡Lazo lázer en acción!

¡Eso es lo que tú te crees!

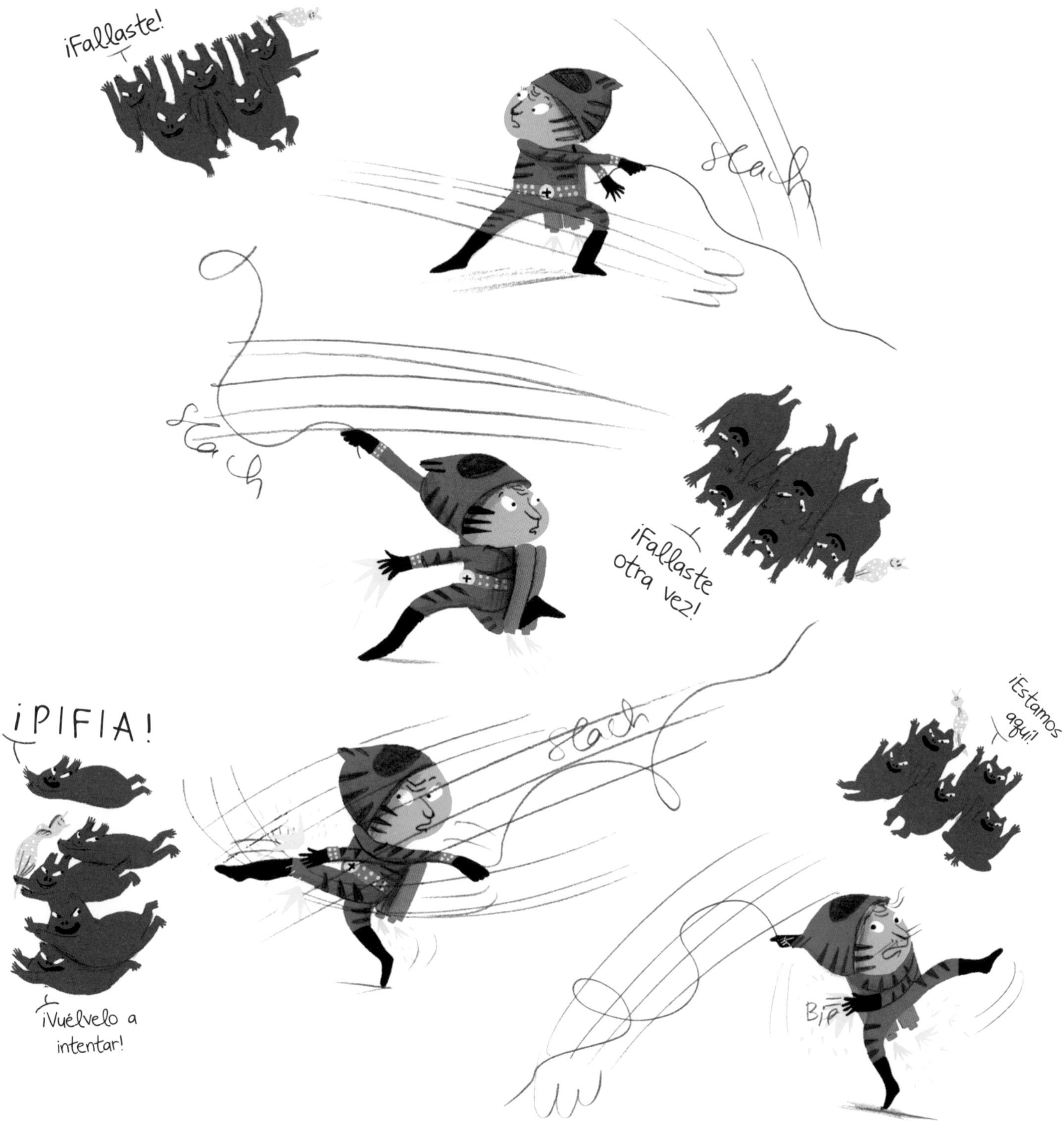
¡Fallaste!
slach
slach
¡Fallaste
otra vez!
¡PIFIA!
slach
¡Estamos
aquí!
¡Vuélvelo a
intentar!
Bip

En esta ocasión sus superpoderes no sirven para nada y ¡Victoria acaba siendo prisionera de su propio lazo!

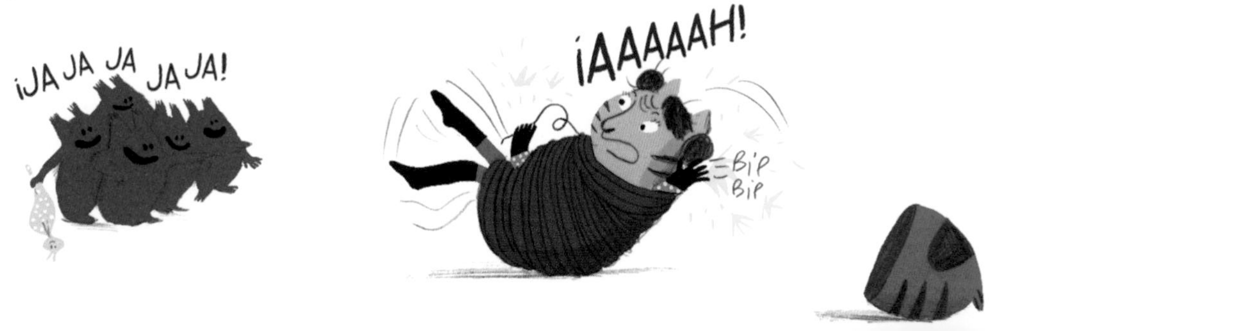
¡JA JA JA JA JA!
¡AAAAAH!
Bip
Bip

¡Victoria ha sido atrapada!
Afortunadamente, el Súper Caribú llega para ayudarla.

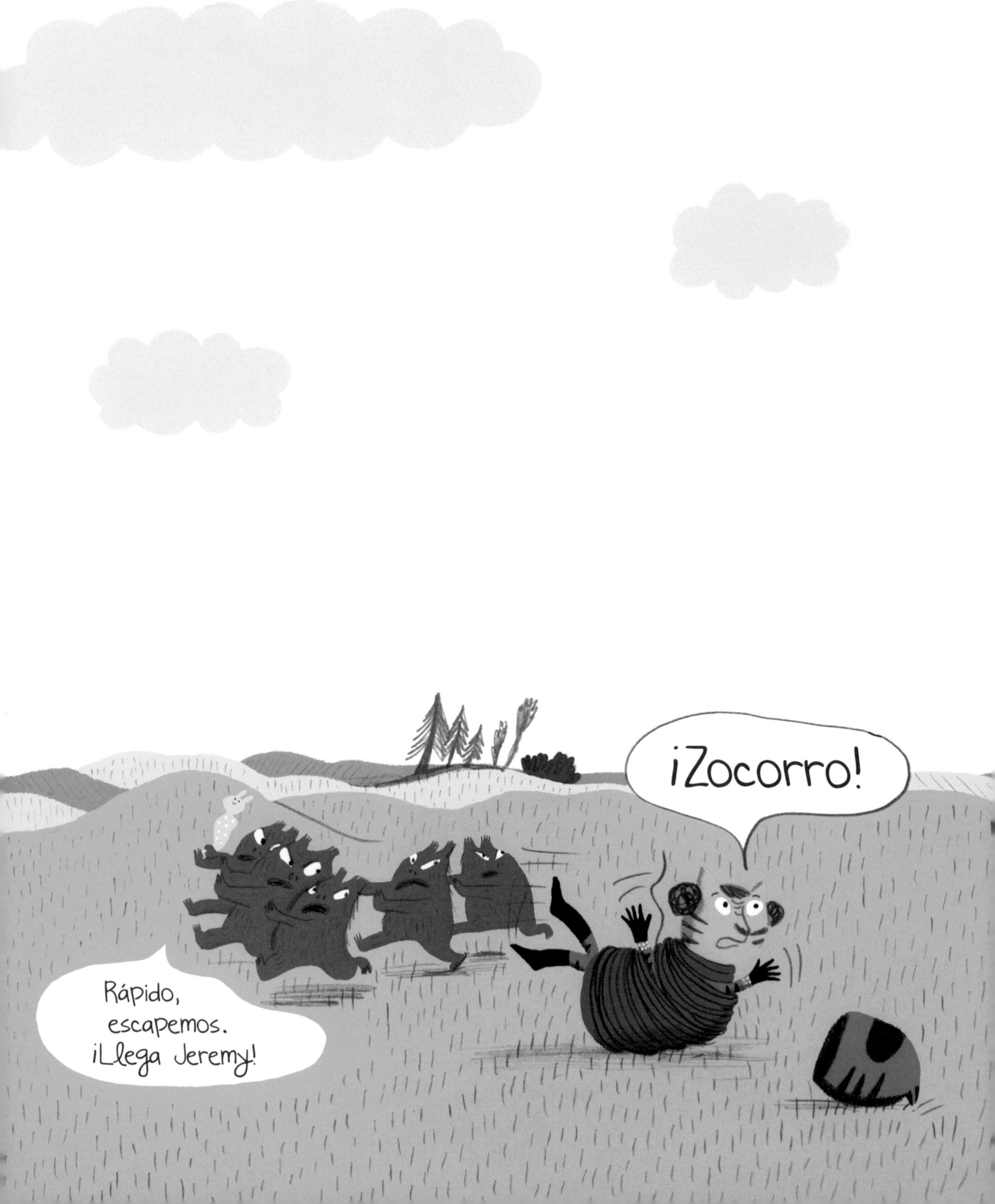
¡Zocorro!
Rápido, escapemos. ¡Llega Jeremy!

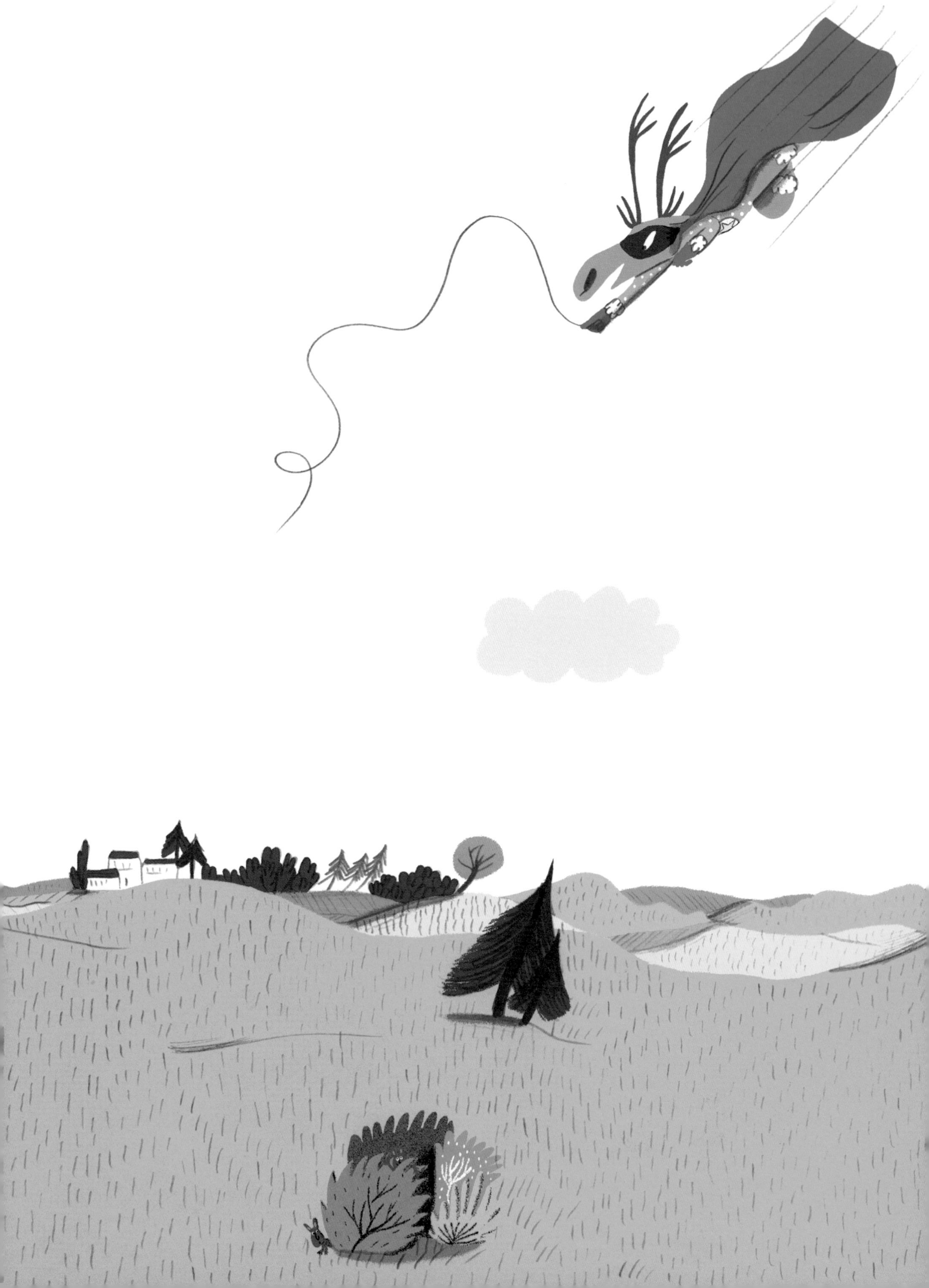

Con un simple movimiento de lazo, Jeremy atrapa a los kumpfs, libera a Victoria y recupera el peluche de Marcelo, el cordero.

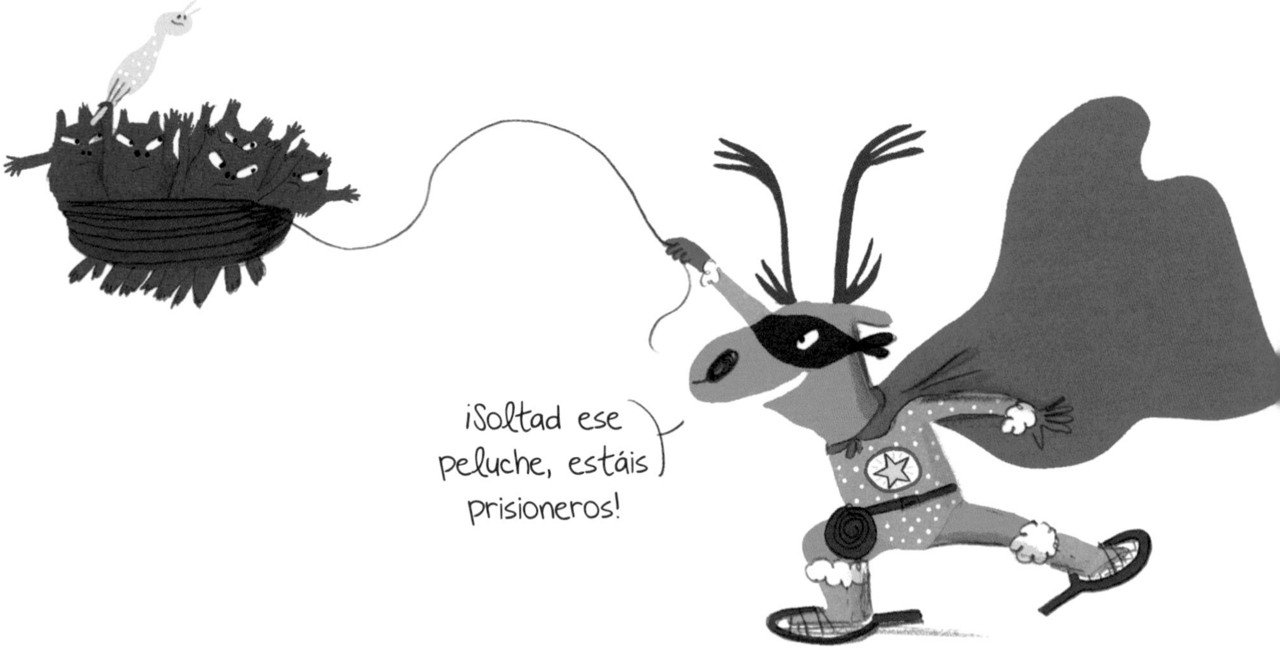
¡Soltad ese peluche, estáis prisioneros!

Victoria comprende en ese momento que en Vientosano nadie puede sustituir a Súper Caribú.

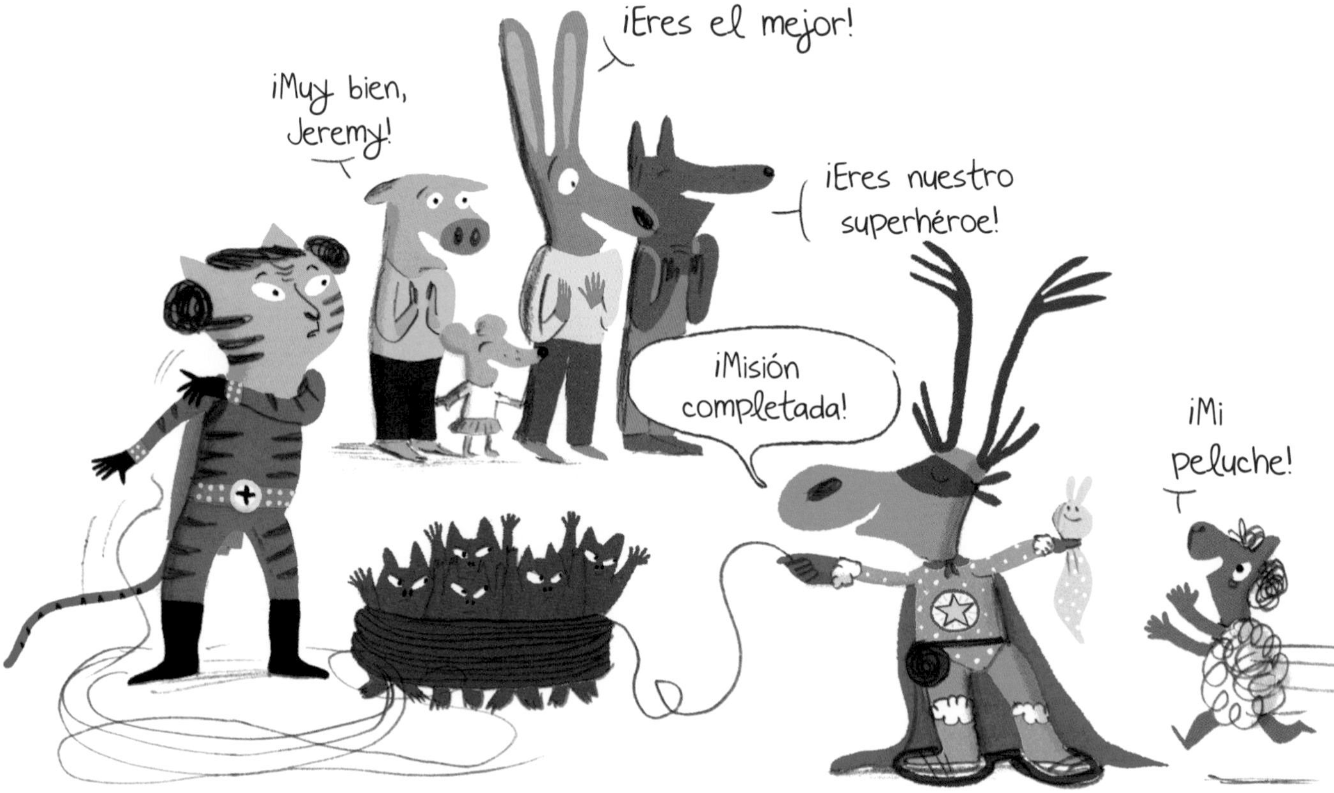
¡Muy bien, Jeremy!
¡Eres el mejor!
¡Eres nuestro superhéroe!
¡Misión completada!
¡Mi peluche!

Jeremy y Victoria se despiden sin rencor.

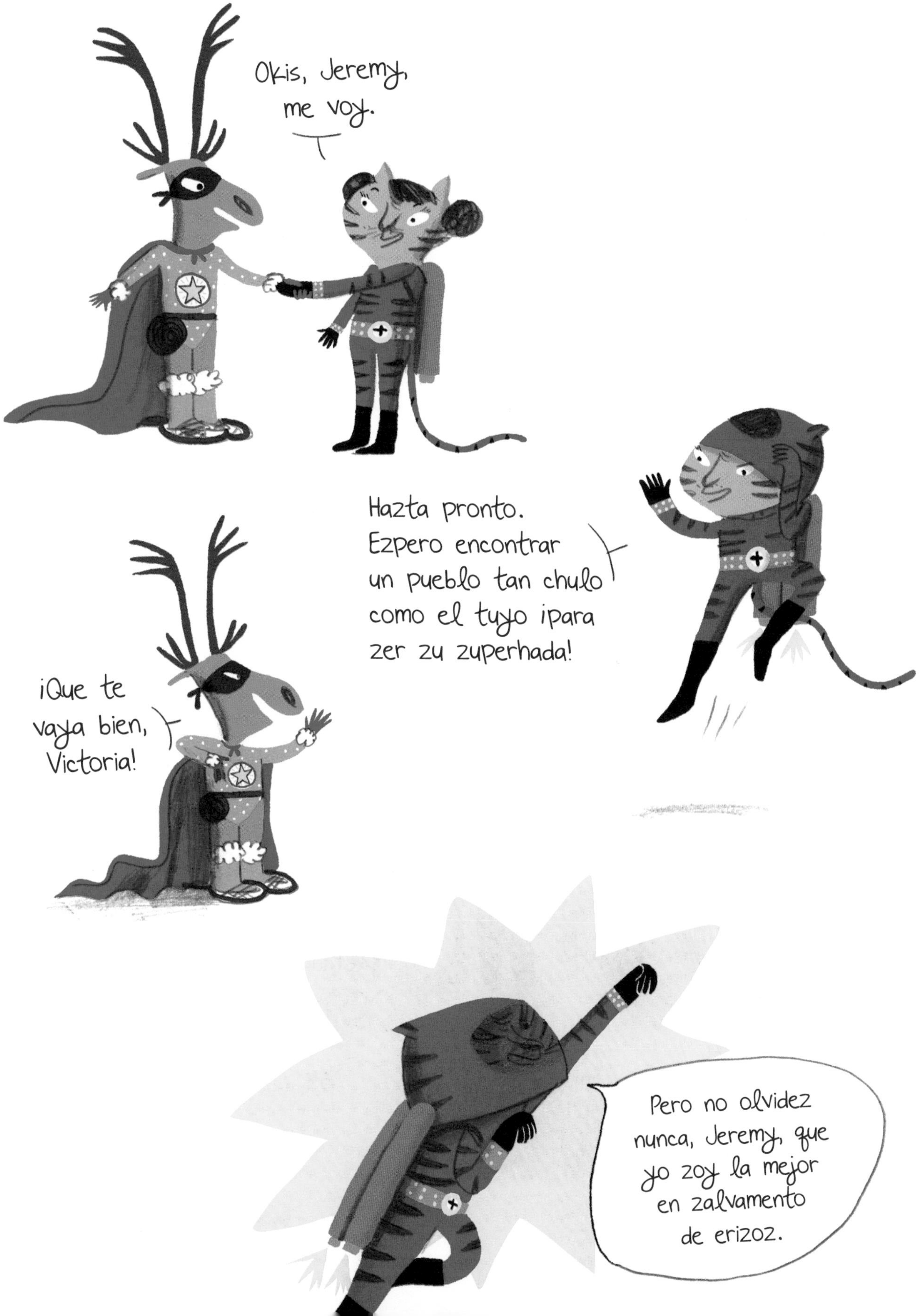
Okis, Jeremy, me voy.
Hazta pronto. Ezpero encontrar un pueblo tan chulo como el tuyo ¡para zer zu zuperhada!
¡Que te vaya bien, Victoria!
Pero no olvidez nunca, Jeremy, que yo zoy la mejor en zalvamento de erizoz.

Y así, todos los habitantes de Vientosano celebran la victoria de su superhéroe.

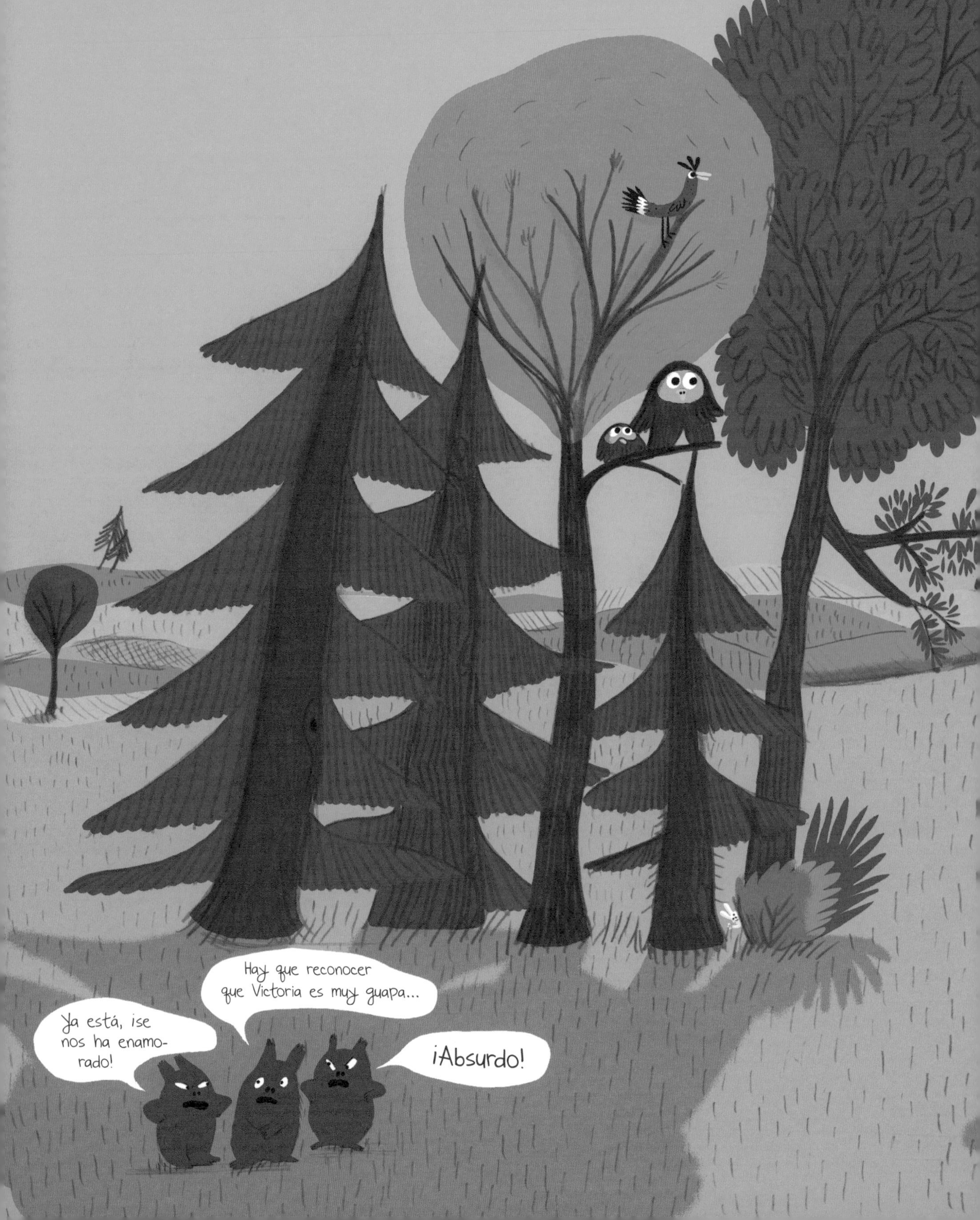
Ya está, ¡se nos ha enamorado!
Hay que reconocer que Victoria es muy guapa...
¡Absurdo!

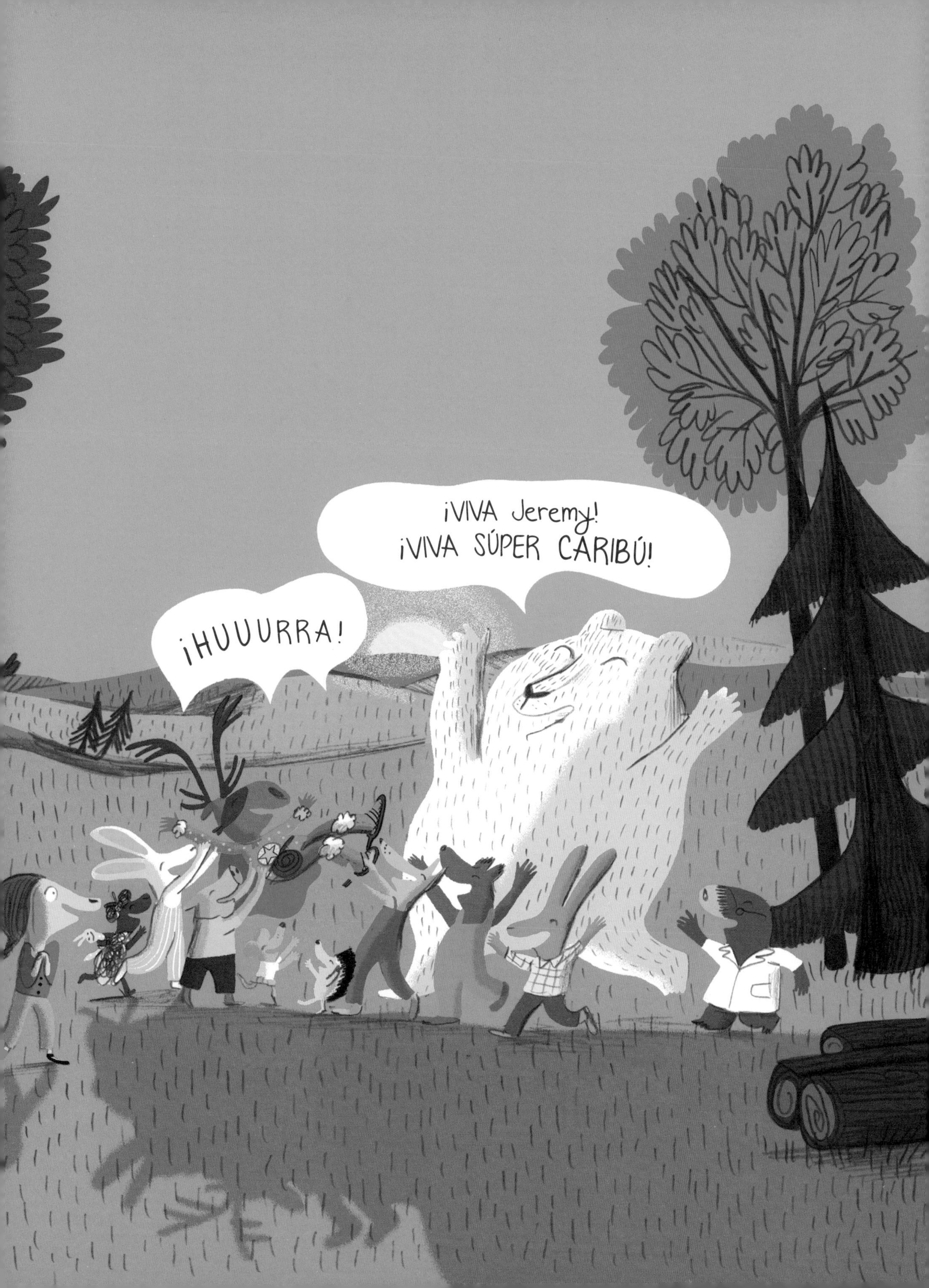
¡VIVA Jeremy!
¡VIVA SÚPER CARIBÚ!
¡HUUURRA!

NO TE PIERDAS MÁS AVENTURAS DE...
¡SÚPER CARIBÚ!